D0753978

Zoo

Marie Darrieussecq

Zoo

Nouvelles

P.O.L
33, rue Saint-André-des-Arts, Paris 6e

Pourquoi une truie?

De toutes les questions possibles, sauf peut-être
« comment ça va? », c'est la question qu'on m'a le
plus posée depuis la publication de *Truismes* en 1996.

Je n'ai pas vraiment de réponse, sauf statistique.
On traite les femmes de truie plus souvent que de
jument, de vache, de guenon, de vipère ou de
tigresse; plus souvent encore que de girafe, de sang-
sue, de limace, de pieuvre ou de tarentule; et beaucoup plus souvent que de scolopendre, de rhinocéros
femelle ou de koala.

C'est simple. Mais est-ce que ça répond à la
question? Posée si souvent, c'est qu'elle porte
ailleurs, c'est qu'elle questionne quelqu'un d'autre,

ou quelque chose d'autre. On toque au carreau. Mais y a-t-il quelqu'un, quand on écrit ?

En relisant des nouvelles écrites ces vingt dernières années (parmi lesquelles j'en choisis quinze), je me dis que la réponse est peut-être dans ce *Zoo* : ces animaux un peu hagards, ces spectres à la recherche d'un corps, ces mères problématiques, ces bords de mer, ces clones tristes ou joyeux. Et comme dans les zoos, on se demanderait qui observe qui.

Une nouvelle, ce n'est pas un petit roman. C'est une idée qui vient sur les bords d'un roman, pendant son écriture. Une idée que le roman ne développera pas, parce qu'elle est juste à côté de lui : une sorte de digression qui pourtant suit un fil de pensée. Je note alors deux ou trois mots dans un carnet.

Je n'écris jamais de nouvelle sans « commande » (d'un magazine, d'un éditeur, d'un musée, ou d'un artiste). La commande me donne l'impulsion, à point nommé, d'un texte que je suis trop paresseuse pour écrire, mais qui me manquerait si je ne l'écrivais pas.

Chacune de ces nouvelles a répondu à une proposition qui venait au bon moment dans l'écriture d'un roman. Pause, détour, séduction. Farces et fables. Il y a une part de jeu et d'inconséquence dans la nouvelle, et mon goût des histoires s'y retrouve.

Mais si le carnet ne porte pas déjà l'idée, si la commande vient hors sujet, rien à faire : je resterais sans nouvelles, dans la brousse du roman.

QUAND JE ME SENS TRÈS FATIGUÉE LE SOIR

Quand je me sens très fatiguée le soir, je téléphone au bureau C69, et je demande ma clé pour une heure. Je n'ai le droit de faire ça qu'une fois par mois, alors il faut que je sache si j'en ai vraiment envie, parce qu'après il faut attendre encore un mois.

Il y a des mois où j'aimerais bien le faire plusieurs fois, parfois même, dans les mauvaises périodes, c'est tous les soirs. Mais on n'a pas le droit. On n'est pas très nombreux, juste la génération de 1969, et encore, pas tout le monde vu le taux d'échecs. Mais on n'a pas le droit quand même, ce serait le bazar. Déjà qu'au début ils ne voulaient pas. C'est l'Association qui a obtenu ça pour nous, à condition qu'on signe un papier comme quoi on refusait de se laisser filmer dans la salle C69. Moi je trouve ça bien comme c'est, sauf le rythme. Une fois par mois ce n'est pas beaucoup, ça oblige à prendre des décisions, à savoir ce qu'on veut, et quand on est très fatigué, quand le travail n'a pas marché et tout ça, moi j'ai envie d'y aller tout le temps.

La plus mauvaise passe c'était l'hiver dernier, quand Romero m'a quittée. C'était horrible, comme j'avais envie d'y aller. À l'hôpital, dans la série de tests qu'on fait sur nous, ils m'ont trouvée très déprimée, ils l'ont noté sur mon carnet et tout, mais pour des séances supplémentaires ce n'était même pas la peine d'y penser. Ils sont très stricts là-dessus.

Je suis en bonne santé. Je pèse cinquante-quatre kilos pour un mètre soixante-sept et demi. Je n'ai pas d'enfants. Je suis bien réglée. Mes analyses d'urine sont bonnes, mon sang est correct, mon encéphalogramme normal. Un tout petit début de scoliose à force de rester sur mon écran toute la journée, mais rien de grave. Et les nerfs un peu atteints, surtout depuis que Romero est parti. Mais bon, on ne peut pas dire que ça aille mal. Mon espérance de vie est de quatre-vingt-dix-huit ans ils ont calculé, ils disent que c'est la génération petits pots. Je prends un demi-Lexil tous les soirs, j'ai une ordonnance renouvelable pour un an, ils m'ont dit que ça irait très bien comme ça. De moins fumer.

La dernière fois que j'ai vu 2690175102008 (je l'appelle Marie), c'était il y a quinze jours, ce qui veut dire que j'ai encore quinze jours à attendre. Il n'y a rien à faire pour les attendrir, en plus ils ne comprennent pas qu'on veuille les voir tout le temps, ils ont mis des psychologues sur le coup. Quand l'Association a perdu le procès, tout est parti à vau-l'eau, avant on nous défendait au moins, maintenant l'Association ne récolte même plus assez de fonds pour notre voyage annuel. Le contact est rompu entre l'Association et l'hôpital, alors nous, au milieu, on est les mal-aimés de l'histoire. Tout ça me déprime encore plus. C'était ce que Romero ne supportait pas, mes crises d'angoisse, mes coups de cafard. L'Association nous l'a toujours dit, de nous marier entre nous. Romero est né en 1968, il a eu de la chance. Les soirs où je revenais de mon heure en C69, ça le mettait hors de lui. Il trouvait que c'était une *fascination morbide*. Je crois que c'est mieux comme ça, que Romero soit parti. Sur mon carnet on a noté : période d'abstinence sexuelle. Ils me font des frottis tous les mois et Marie aussi. Je suis bien suivie.

Marie se porte très bien. Elle a le même encéphalo que moi, le même taux de cholestérol et tout ça. Elle n'a pas de scoliose, forcément. On m'a déconseillé de prendre la pilule parce que ça aurait fait du mal à Marie, alors je me débrouille avec des capotes, de toute façon il est hors de question que j'attrape le sida sinon ils seraient obligés de l'inoculer à Marie. Je ne sais pas comment ils font quand on tombe enceinte, je ne me suis jamais vraiment posé la question. On y avait pensé, un temps, avec Romero, mais le médecin a dit que c'était trop tôt par rapport aux tests. Et puis Romero est parti. À la limite, Romero aurait pu faire un bébé à Marie, ça ne m'aurait pas gênée. Ça m'aurait même terriblement émue de voir Marie enceinte, la pauvre. Je me serais occupée du bébé. Ç'aurait fait des jumeaux, peut-être, enfin je n'y connais rien. Mais je me serais bien occupée du bébé, ils auraient pu me faire confiance.

Dans quinze jours j'irai voir Marie. Quinze jours c'est terrible, parce que c'est juste au milieu, je veux dire, il y a autant de temps entre le souvenir et la prochaine fois. J'essaie de me distraire, je vais au cinéma. Ensuite je raconte les films à Marie. Même chez moi, des fois, toute seule, comme une idiote je lui parle, je l'imagine couchée près de moi, je lève ma main dans le vide pour la caresser. Avant je lui racontais tout sur Romero mais, maintenant, la plupart du temps je lui raconte le cinéma, pas trop le travail parce que je ne veux pas l'ennuyer. Les médecins disent que Marie n'a aucune idée de ce qu'est le cinéma. Je crois qu'elle m'entend, pourtant. Parfois je vois des rêves qui passent sous ses paupières, ses yeux bougent, ses mains se crispent un petit peu et je les caresse, je lui caresse le front. Plus loin, on ne peut pas. Il y a toujours une infirmière avec nous, et un infirmier pour les garçons, depuis le jour où Mathias Mathéo a étranglé 169059327 je ne sais plus quoi. Ça leur a flanqué toute une partie de leur étude en l'air parce que Mathias Mathéo était atteint d'une maladie très rare et que ça les intéressait drôlement. Depuis, pour cette maladie, tintin. À l'Association, on a beaucoup ri ce jour-là. On avait quatorze ans il faut dire.

J'ai eu la permission de passer chaque mois de la crème hydratante sur le visage de Marie, parce que je trouve l'air très sec à l'hôpital. J'ai eu la permission à condition de me servir exactement de la même crème, une fois par mois, le soir de ma visite. Je n'y manque jamais. Ça me fait tellement plaisir de pouvoir faire quelque chose pour Marie. De lui tenir la main et de lui passer de la crème. Ils ont démarré une étude de cosmétique sur Marie, parce que moi j'ai déjà mes premières rides d'expression, mais elle, elle a toujours ce visage tellement pur, tellement lisse, ça me donne envie de pleurer tellement elle est pure et lisse. Marie est très belle, beaucoup plus belle que moi. La psychologue dit que non. La psychologue dit que nous avons le même nez au millimètre, les mêmes yeux, les mêmes sourcils, les mêmes mâchoires, tout, tout exactement pareil, et donc que je suis aussi jolie que Marie. Mais moi je sais que non. Marie elle a cette douceur dans l'expression, et cette peau sublime, comme si du lait coulait en permanence sur son visage, une vague de lait qui lisse tout, qui descend au long des joues et des paupières, une main apaisante toujours posée sur son front. Quand je touche le front de Marie, elle frémit, ses traits se remplissent en quelque sorte, il me semble très fort qu'elle va ouvrir les yeux, qu'elle va me regarder et parler. Deux cents fois j'ai eu envie de débrancher le truc qui la fait dormir. Mais je n'aurais

17

plus jamais la permission de la voir. Ils disent qu'ils essaient de réparer les bêtises des médecins de 1969, alors qu'il ne faut pas trop leur en demander.

C'est pour les parents, surtout, que c'est dur. Quand ma copine Sonia s'est suicidée, et qu'on a été obligé de terminer 2691164135841, la mère de Sonia, elle s'est pendue. Au départ, les clones, c'était pour nous remplacer si on mourait, mais après ils ont dit que ce n'était pas possible, comme système. Moi, ce que je voudrais, c'est pouvoir retrouver Marie quand je veux et m'asseoir à côté d'elle sur le lit et lui brosser les cheveux. Et me glisser dans le lit et la prendre dans mes bras et dormir avec elle. Mais ça vraiment, on ne peut pas.

(1997)

LE VOISIN

Au Dakota, j'étais tranquille.

J'avais hérité de l'appartement d'une sœur de mon père, et d'un petit paquet d'argent. Habiter au Dakota entraîne certains frais. Quand la copropriété veut rénover, mettons, les caves, vous avez intérêt à pouvoir suivre.

Jusque-là, j'avais toujours vécu chez ma mère, dans un petit village de l'Ouest de la France. J'étais ébéniste, j'avais mon atelier, tout allait bien. J'ai eu une enfance bénie avec ma mère qui était veuve, et j'aurais pu me satisfaire de continuer comme ça. Ma mère admirait mon travail, surtout les petites boîtes en marqueterie fine. Elle m'en a d'ailleurs beaucoup voulu de mon départ. Elle détestait sa belle-sœur, l'Américaine.

Mais je n'ai pas résisté à l'appel du Dakota. La mort de cette tante a littéralement changé ma vie. J'ai laissé tomber mon boulot, j'ai traversé l'Atlantique, et ma principale activité a désormais consisté à habiter le Dakota.

Le Dakota est un des plus beaux immeubles de Manhattan. Au coin de Central West et de la 72e rue. Boris Karloff, Lauren Bacall, Judy Garland et bien d'autres habitaient le Dakota au moment où j'y ai emménagé. Polanski y a tourné la plupart des scènes de *Rosemary's Baby*. Les planchers sont en ébène et merisier, et la hauteur sous plafond dépasse les quatre mètres. Il s'appelle le Dakota, paraît-il, parce qu'en 1881, année de sa construction, ce coin-là de Central Park semblait aussi désert et lointain que les territoires du Dakota. Au coin de l'immeuble, il y a d'ailleurs une statue d'Indien dakota qui guette, comme une vigie à la proue d'un bateau.

Quand on hérite d'un appartement au Dakota, même d'un petit cinq-pièces comme le mien, on se renseigne, on apprend des choses. Je suis devenu un obsédé du Dakota. C'était moi, le gardien du temple. J'en savais plus sur cet immeuble que Leonard Bernstein lui-même, qui vivait là depuis tout petit.

Par exemple, le Dakota est bâti suivant les principes de l'architecture française. Il dispose, fait remarquable à Manhattan, d'une *porte cochère*. Les pièces communiquent par des portes *en suite*, typiquement françaises ; et dans les occasions festives, on peut passer de pièce en pièce de façon *naturellement conviviale*. J'ai lu ça dans un guide. Ma mère a pris l'avion pour la première fois de sa vie pour visiter mon nouveau logis. Elle a dit en hochant la tête que c'est un immeuble fait pour les fantômes, toutes ces portes leur facilitent la vie.

Le matin, je me levais, je me faisais du café, et mes premières pensées étaient déjà hantées par le Dakota : par la chance que j'avais, d'habiter cet immeuble. Je déambulais dans mes cinq pièces, j'observais les nuances du parquet, la subtilité des finitions, la délicatesse des plinthes, et je levais la tête vers le plafond… Je plongeais dans cette hauteur sous plafond… Et puis je regardais le Park par ma fenêtre et je n'en revenais pas de ma chance. Habiter le Dakota, sur Central Park. Être l'unique héritier d'une habitante du Dakota. Je disais bonjour à ma mère au téléphone, pour elle en France c'était l'après-midi, et pour moi la journée commençait.

Mon ravissement était un peu gâché par la pensée, parfois, que j'aurais pu avoir pu grand (l'appartement du dessus comptait pas moins de vingt pièces) ou que j'aurais pu, avec mes cinq pièces, me trouver plus haut, sous les toits. Bénéficier d'une vue encore plus dégagée sur le Park, et limiter le nombre de voisins. Parce qu'il faut savoir une chose, au Dakota, comme dans tous ces vieux immeubles autour de Central West : c'est mal insonorisé. Polanski, avec son film, nous avait déjà causé beaucoup de dérangement.

Pourtant j'étais plutôt tranquille. Ma mère ne me manquait pas, j'éprouvais même un certain soulagement. Et puis l'appartement du dessus était vide, vide depuis des années : qui peut s'offrir vingt pièces sur Central Park, de nos jours ?

Et puis sont arrivés mes nouveaux voisins.

*

Au début je ne me suis pas méfié. Pas d'enfants. Lui un peu terne derrière ses lunettes, elle petite, dynamique. Asiatique. Bon, je n'ai rien contre les asiatiques, ni contre les noirs ou les juifs, ni contre les homosexuels soit dit en passant, mais je ne fais que constater : c'était la seule habitante de couleur du Dakota. Et lui, il avait les cheveux longs. Pourtant personne n'a émis le moindre signe de contrariété, non, tout le monde semblait très content de ces nouveaux arrivants.

Il y a eu une première alerte, très vite après leur emménagement. Un attroupement sous mes fenêtres. Des gens qui criaient « John, John ! ». Je me suis penché, je ne m'appelle pas John mais je pensais à des amis qui n'arrivaient pas à convaincre le gardien de leur ouvrir. Il faut dire que depuis que j'habite le Dakota, j'ai beaucoup d'amis, qui viennent dormir dans les pièces du fond ; mais dont certains, je m'en aperçois de temps en temps, ignorent mon prénom. Ce sont surtout des amis de Marco. Marco, ça fait longtemps que je le connais. Il m'a suivi jusqu'à New York quand j'ai emménagé au Dakota.

Mon voisin du dessus s'est penché à sa fenêtre, au-dessus de la mienne, et il a crié quelque chose que je n'ai pas compris. Ses copains en bas se sont mis à crier « John ! » encore plus fort. L'Indien dakota n'était plus le seul à faire le guet au coin de la rue, on aurait dit qu'il venait chaque jour de plus en plus de curieux le nez en l'air. Par la suite j'ai constaté que le gardien faisait du zèle pour éloigner tous ces badauds qui avaient tendance à prendre notre porte cochère, ou notre trottoir sur la 72e, pour un lieu public où l'on fait des photos.

Mais tout ça n'était rien.

Ils se sont mis à recevoir du monde. Comme je l'ai dit, les pièces en enfilade se prêtent à la convivialité. Mais enfin, chez eux, c'était exagéré. À croire qu'ils tenaient des conférences de presse ou je ne sais quoi : un défilé permanent. On n'était plus tranquille chez soi.

Pourtant le pire était à venir : ils se sont mis à jouer de la musique.

D'abord de la guitare électrique. Je mettais des bouchons d'oreille, ça allait encore. Mais ils chantaient, enfin ils hurlaient – lui surtout. Un jour il est venu sonner chez moi. Il ne fallait pas que je m'affole si j'entendais des cris, me disait-il. (Je m'étais plaint au gardien, entre-temps.) Il s'était mis au *primal scream*. Un cri par lequel on renaît. On revit sa naissance, ou je ne sais quoi, enfin il m'expliquait ça sur mon palier. « Vous ne connaissez pas le *primal scream* ? » me demandait-il derrière ses lunettes. Un fou. Un taré ordinaire, comme il y en a tant dans les immeubles de riches. Qui passait ses journées chez lui, à se livrer à ses petites expériences. « Tout ça va mal finir » me répétait ma mère.

Mes amis, eux, étaient de plus en plus nombreux à venir boire mes bières. Ils traînaient dans le hall, ils attendaient devant l'ascenseur, ils laissaient ma porte ouverte dans l'espoir d'apercevoir mon voisin. Ils me disaient qu'il s'agissait d'un chanteur célèbre. « John qui ? » me demandait ma mère. Moi, je ne connais rien à la musique contemporaine. « Mais il est plus connu que le Christ » me répétait Marco. Je me demandais si tout le monde n'était pas en train de devenir fou.

La guitare, les cris, passe encore. Mais ils se sont fait livrer un piano.

Un piano à queue blanc, monstrueux. Les portes *à la française* étaient trop étroites, alors les déménageurs ont installé une poulie sur le toit. Toute la rue regardait ce piano blanc qui montait en se balançant le long de notre façade.

Non, on n'était plus tranquille au Dakota. Les fêtes, la guitare, les cris, ça ne traverse pas encore trop les planchers en ébène et merisier. Mais le piano, c'est l'enfer. Rien ne résiste au piano. Le piano à queue surtout a une caisse de résonance qui devrait être interdite par la loi. Ça descend dans les canalisations, ça cogne le long des plinthes, ça passe à travers les bouchons d'oreille, ça fait des nappes au plafond et des rideaux dans les murs. Un jour, il y avait des travaux sur la 72e : j'entendais le piano plus fort que le marteau-piqueur.

J'ai besoin de calme, moi. J'ai besoin de réfléchir à ma vie. J'aurais eu besoin, je ne sais pas, d'une femme, peut-être d'enfants. J'imaginais – bien avant déjà que mes voisins emménagent – de rédiger une petite annonce. Mais impossible de me concentrer deux minutes. À peine voyais-je se dessiner une silhouette, un avenir, un plan de vie, à peine commençais-je à avoir une idée sur ce que je voulais, que les premières notes coupaient ma réflexion. Je perdais le fil de ma petite annonce. La femme imaginée s'enfuyait comme un spectre. Et je ne savais plus du tout ce que j'avais prévu de faire, me promener dans le Park, repeindre une plinthe, lire le journal. Je me refaisais mécaniquement du café, mais je n'avais plus goût à rien, ma tête n'était plus que guitare ou piano.

Marco m'a offert un disque, « pour ne pas que je meure idiot ». Un disque, en échange de toutes ces bières depuis toutes ces années. *Imagine*, ça s'appelait. C'était de mon voisin. Je l'ai mis par curiosité sur la chaîne hi-fi héritée de ma tante, et j'ai sauté en l'air. Ce morceau, là, *Imagine*, je l'avais eu pendant des semaines au-dessus de ma tête ! *Imagine*, toute la journée ! Ce qu'on dit sur ce Lennon, qu'il écrivait ses machins en cinq minutes, est complètement faux ! Ce type était un tâcheron !

En plus, ils se disputaient pas mal, je crois. Enfin je ne veux pas me mêler de ce qui ne me regarde pas. Toujours est-il qu'à un moment, le John en question a disparu. Ne restait plus que l'asiatique, et elle-même était rarement là. J'ai pu un temps reprendre mes petits-déjeuners tranquille, mon café avec vue sur le Park. Il paraît que c'était elle, la Japonaise, qui l'avait fichu dehors. Marco n'avait de cesse de lire la presse : il est à Los Angeles, il fait ci, il fait ça, il déprime... Ma mère aussi s'y était mise : elle continuait à m'appeler tous les jours, mais c'était pour avoir des nouvelles de mon voisin. Je lui avais refilé *Imagine*, et ça a été comme une maladie qu'elle a attrapée. Elle s'est mise à écouter tous ses disques, et à lire tous les articles.

Malheureusement pour moi, ils ont fini par se rabibocher, ma voisine et mon voisin, et voilà qu'un jour je la croise enceinte, moi qui me croyais tranquille de ce côté-là ! Pourtant, la naissance de leur petit garçon a eu un effet positif sur ma vie : plus de musique. Pendant cinq ans. De 1975 à 1980, si je rassemble mes souvenirs, je ne me souviens que des pleurs du nourrisson, puis du bruit des petits pas sur le plancher, puis des ballons, trains électriques et autres *coin coin* de canards... Mais après tout je ne suis pas un monstre. J'ai été, moi aussi, un petit garçon ; et ces bruits-là m'attendrissaient plutôt.

Ma mère a débarqué au Dakota. Elle se faisait du souci pour mon voisin. « Rien depuis *Stand by Me*, se lamentait-elle, c'est insupportable. » Et quand elle le croisait, il fallait que je subisse ses yeux énamourés. Le monde marchait sur la tête. Le seul avantage, quand ma mère est là, c'est que mes copains buveurs de bière s'en vont. Pour le reste, c'est comme si la seule présence de mon voisin rendait tout le monde fou.

Mes relations avec lui, en tout cas, se sont considérablement améliorées. Quand je le croisais, je le saluais de nouveau.

Jusqu'à ce jour maudit de 1980 où John Lennon a repris sa guitare.

Aux premières notes, j'ai lâché ma cafetière. Elle s'est abattue sur mon plancher dans un énorme fracas. C'était l'enfer qui recommençait.

*

Mes voisins se sont mis à habiter mes pensées vingt-quatre heures sur vingt-quatre. Et elles devenaient mauvaises, mes pensées. Je le guettais, mon voisin, quand il traversait la rue, et je me disais : « Si une voiture l'écrase, je serais bien débarrassé... » Ou bien je le suivais des yeux le long de la 72e, et je comptais ses pas en me disant : à cent, il va tomber, foudroyé par une crise cardiaque. Ou encore, je rêvais à un incendie qui ravagerait tout l'immeuble, ne laissant aucun survivant sauf moi. J'en étais là, et Dieu sait que j'aime le Dakota.

Sur les conseils insistants de Marco, j'en suis même venu à consulter un psychanalyste, ce n'est pas ça qui manque, dans mon quartier. Dès la troisième séance, il m'a demandé le nom de mon voisin. « John Lennon ?! » a-t-il hurlé. J'ai compris que c'était fini pour moi, la psychanalyse.

Il y avait un type que j'avais repéré depuis un moment, sur la 72e, parmi tous les badauds. Il se tenait toujours à l'angle de la rue, aussi immobile et calme que la statue de l'Indien. Souvent, il lisait.

Un malaise me venait, en contemplant ce type. J'avais l'impression qu'il lisait dans mes pensées, avec la même assurance qu'un Indien dakota. De temps en temps il jetait des coups d'œil vers mes fenêtres, et il me semblait qu'il me regardait, qu'il me scrutait.

Le matin du 8 décembre 1980, ce type court vers mon voisin qui sortait tranquillement de la porte cochère, et lui fait signer un album. Ce genre de choses arrivait souvent.

À la nuit tombée, il y a eu, je me souviens, des feux d'artifice sur Central Park, et pour une fois les regards des badauds étaient tournés vers le Park, et pas vers nos fenêtres.

Vers dix heures et demie du soir, je ne dormais pas encore. Pourtant j'ai pour habitude de me coucher tôt. Le type à l'autographe semblait être parti, en tout cas je ne le voyais plus. Mes voisins n'étaient toujours pas rentrés, et j'avais pu bénéficier d'une journée calme, ils étaient en train d'enregistrer le disque qu'ils avaient répété au-dessus de ma tête pendant des mois… Je m'étais fait du café, et installé confortablement à mon poste d'observation.

À dix heures cinquante, leur limousine arrive. Yoko entre dans l'immeuble, John la suit... je vois le type jaillir de la porte cochère, interpeller John, et tirer. Cinq coups de feu.

*

J'ai été un des principaux témoins, au procès de Mark David Chapman. J'ai essayé de leur dire, aux jurés, que c'était moi qui avais inspiré ce meurtre, que ce Chapman, sous mes fenêtres, avait absorbé mes mauvaises pensées comme une éponge, et avait agi, à ma place, à la place de ce démon qui s'emparait de moi dès que j'entendais le piano... Mais Marco et ma mère m'ont convaincu de laisser tomber, et je suis retourné au village quelque temps, pour me reposer.

Quand je suis revenu au Dakota, ça faisait comme un grand vide. Je croisais parfois Madame Ono, elle se cachait derrière des lunettes noires. Je cherchais à lui dire un mot, à lui manifester toute ma compassion, moi qui n'avais pas toujours été un voisin aimable. Mais elle ne semblait pas me voir. Elle était d'une grande beauté, une Jackie Kennedy asiatique derrière ses grandes lunettes noires.

Des années après, j'ai été un des premiers à ouvrir un site sur Internet. Il y a des photos du Dakota, de mes fenêtres, de leurs fenêtres, et de tous les endroits où John s'est arrêté sur le trottoir de la 72ᵉ avant d'être assassiné.

Je me suis marié, finalement, j'ai réussi à rédiger mon annonce matrimoniale. Mais ma femme m'a quitté récemment, et elle a eu la garde de Jonel et Yono. Jonel pour John Lennon et Yono pour Yoko Ono. Un garçon et une fille.

Je vis toujours au Dakota, mais il me semble que ma voisine ne vient presque plus jamais. Les temps ont changé, me répète Marco. Pourtant lui vient toujours boire mes bières, et fumer mes cigarettes. En tous cas le premier qui dit du mal de Madame Ono, ou qui veut l'importuner, je ne réponds pas de moi.

Maintenant les badauds se rassemblent un peu plus loin, de l'autre côté de la rue, autour d'un monument qui s'appelle le *Strawberry Field Memorial*, et devant lequel je parle à mon voisin, un petit peu tous les jours. Je lui demande de me pardonner. Et il me semble que là où il est, il m'entend.

Marco m'a offert un tablier de cuisine *John Lemon*, pour me dérider. On voit un agrume qui porte des lunettes et des cheveux longs, et qui a le même visage ovale que John. Ça ne m'a pas fait rire. « Le passé est le passé », me répète Marco. Mais pour moi le passé n'a pas passé du tout.

Le silence, au Dakota, est une chose terrible. Dans le silence j'entends le piano, et la voix qui chante *Imagine*.

*

Un jour je suis allé étendre du linge à la cave – les machines sont au sous-sol, au Dakota. Et John Lennon était là, étendu sur des cartons.

– Yoko a déménagé, je crois, lui ai-je dit. Vous n'avez plus vos clés ?
– Non, m'a dit John.
– Il fallait sonner chez moi. Je vous aurais ouvert. Vous vous souvenez de moi, quand même ?
– Oui, m'a dit John.

Il avait l'air un peu défait, ce qui se comprend après tout ce temps passé dehors. Déjà en 1974, quand Yoko l'avait mis à la porte et qu'il errait dans Los Angeles, ça n'allait pas très fort. Mon voisin est un homme fragile, psychologiquement. On a toujours tendance à surestimer les génies, sur ce plan.

Je lui ai proposé la chambre du fond. J'étais un peu gêné parce que le tablier *John Lemon* pendait en évidence dans la cuisine, mais il n'a pas paru y prêter attention. Nous nous sommes mis en quête du numéro de téléphone de Yoko. Croyez-le ou non, moi qui étais son voisin pendant toutes ses années, personne n'a voulu me le donner. Ni le gardien, ni les autres voisins, qui prétendaient qu'ils ne l'avaient pas. Et allez trouver le numéro de Yoko Ono dans l'annuaire ! Tout était beaucoup moins facile que je ne l'aurais cru.

« Ce n'est pas John Lennon » m'a dit Marco dès qu'il est passé voir. Il a décapsulé une bière, John a fait de même, et ils se sont regardés dans les yeux.

« Ce n'est pas John Lennon » a répété Marco.

J'étais très gêné. Mais John n'a pas paru en prendre ombrage. Il avait bien mangé et bien dormi, et il semblait avoir repris du poil de la bête.

– Vous étiez où, tout ce temps ? a demandé Marco d'un ton qui m'a déplu. Vous étiez où, quand vous étiez mort ?

Mais John m'avait tout expliqué, quand je lui ai montré mon site internet. Chapman était un agent de la CIA. Ils ont simulé un assassinat, et ont planqué John pendant des années. Ils l'ont drogué, il ne se souvient de rien, mais ils voulaient surtout le faire taire, à cause de ses engagements pacifistes et tout ça.

– JOHN LENNON EST MORT, a martelé Marco.

J'ai été obligé de mettre Marco à la porte.

Ma mère, que j'ai appelée dès la réapparition de John, est venue s'installer avec nous. Il était temps qu'elle prenne cette décision, de toute façon. Ma mère va sur quatre-vingt-seize ans et elle a parfois des moments d'absence. Elle ne vit plus que pour John et pour moi.

John a l'air très content d'être avec nous. Il a laissé tomber l'idée de revivre avec Yoko. Et Sean, son fils, que nous avons abordé un jour qu'il revenait au Dakota, nous a envoyés paître. John a pris ça mieux que je ne le craignais.

Moi non plus, je ne vois plus mes enfants. Ni ma femme. Nous nous entendons très bien, John et moi. Surtout qu'il a renoncé à la musique. Il boit mes bières, et il semble m'avoir pardonné mes mauvaises pensées.

(2006)

CONNAISSANCE DES SINGES

J'avais en tête une pièce de théâtre. Je voyais les personnages, un frère et une sœur, et la scène balayée par le faisceau d'un phare. On entendait le bruit de la mer... souvenirs et fantômes... Je la voyais, ma pièce, par bribes, par éclats, dans la lueur du phare.

Mais je n'arrivais pas à écrire. Je tournais en rond chez moi. Ma fille était partie depuis huit mois. Faire sa vie, comme on dit. Elle avait réussi, je ne sais comment, à se loger. Elle semblait avoir rassemblé assez d'argent pour la caution, et visiblement, elle parvenait à payer son loyer tous les mois. Elle ne m'avait rien demandé, ni avance, ni garantie pour le propriétaire. Ni meubles, ni draps, ni rien. Ma fille n'a pourtant aucun sens pratique. Elle a tout laissé ici, dans sa chambre. Son petit lit, son armoire, la plupart de ses vêtements, et même ses disques. Elle a emporté son parfum, son ordinateur, son téléphone, ce machin qu'ils se mettent autour du cou et qui contient des heures de musique, et deux ou trois bricoles. Elle a peut-être loué un meublé. Ou peut-être a-t-elle en tête de revenir bientôt. Je ne sais pas.

Il y a des années, quand j'étais encore avec son père, des amis à nous ont perdu leur fils unique. La mère n'a rien voulu changer dans la chambre. Elle a seulement fermé les rideaux. La chambre restait dans la pénombre, ils la faisaient visiter. Un mausolée. Cela fait longtemps que je ne vois plus ces amis, je ne me souviens même plus du prénom de leur fils. La poussière a dû se déposer sur les rideaux, sur les petits lapins des rideaux. Je suppose qu'aujourd'hui encore, malgré tout ce temps qui a passé, les Lego sont en désordre sur la moquette et la lampe en forme d'avion pend au plafond. Et des lames de lumière doivent pénétrer quand même, entre les rideaux. À moins qu'ils ne se soient décidés, finalement, à déménager.

Je n'arrivais pas à écrire. Je tournais en rond chez moi. Il aurait fallu bouger, changer d'atmosphère, de territoire. Commencer ma pièce de théâtre ailleurs, à nu, à vide. Respirer un autre air, entendre un autre silence. Mais je ne me voyais pas prendre un avion pour l'Islande, seule, sans personne qui m'attende au retour. J'ai des amis là-bas, ma traductrice islandaise et son mari, ils possèdent un chalet dans le Nord de l'île. À six heures de jeep de Reykjavík. C'est un endroit idéal pour écrire. De la plage de cendres noires, on voit le cercle polaire. Ou plutôt, on l'imagine. Il est juste là, à quelques mètres. En juin, le soleil descend très lentement et se pose sur l'horizon ; puis il remonte, aussi lentement. Entre-temps, le ciel est devenu rose ou orange. Le soleil fait le diabolo sur l'horizon. Il reste en équilibre. Il ne cède pas. Il remonte, comme par un énorme effort de volonté. Je pourrais assister à ce phénomène nuit après nuit, jour après jour, je crois que je serais toujours aussi dépaysée.

L'été commençait à Paris. Les écrivains n'ont pas vraiment de vacances, plutôt un creux entre deux livres. Je n'arrivais pas à reprendre. C'était la première fois que j'étais dans cet état. Certes, ne pas écrire fait partie de l'écriture. On est là, assis à ne rien faire, et les livres se forment. On marche, on fait ses courses, on nage, on reste assis, et la rêverie fait son travail. Les phrases trouvent leur rythme, les paysages se connectent, les voix se mettent à parler. On n'a plus qu'à s'y mettre, ensuite.

Passer de la phrase dans ma tête à la phrase sur le papier ne m'a jamais posé problème. Un simple changement de support, un déplacement. Mais voilà, ça ne fonctionnait plus. Au moment d'inscrire la phrase, mon cerveau se paralysait. Je n'entendais plus rien. Je ne retrouvais plus rien. Ça ne s'écrivait plus. Ma respiration s'accélérait, je sentais mon corps sur la chaise, je sentais mes bras raidis, et je ne parvenais plus à m'oublier pour écrire. Je ne retrouvais plus cette absence à moi-même qui est comme une chambre d'échos, où le monde se met à bruire pour s'écrire à travers moi.

Ma salope de fille. Pas un coup de fil depuis huit mois.

Un matin, j'étais assise à mon bureau, attendant je ne sais quel miracle. Tout le monde était parti en vacances, on pouvait même ouvrir les fenêtres côté boulevard : aucune voiture. Mes amis islandais m'avaient rituellement invitée, mais je ne me décidais pas. Les marronniers étaient d'un vert accablant. Leurs feuilles larges et stupides étaient déjà presque épuisées. La poussière de l'été parisien se déplaçait par paquets, du trottoir à la chaussée, du feuillage au caniveau. Je faisais du rangement dans mon bureau. Je triais les journaux accumulés depuis des mois, je ficelais des piles pour la poubelle jaune, celle du recyclage.

Le téléphone sonna et je me jetai dessus. C'était ma mère. Elle partait en croisière sur le fleuve Bleu.

– C'est maintenant qu'il faut y aller, me dit-elle, avant qu'ils ne noient tout avec leurs nouveaux barrages. Des vestiges inestimables. Des milliers d'années qui vont disparaître sous les eaux.

À l'écouter, il n'y avait rien de plus urgent à faire, pour tout être humain sur la planète, que de voguer sur le Yang-tsé.

– J'ai du travail, lui dis-je.

Mais elle avait un service à me demander. C'était pour ça qu'elle m'appelait. Elle s'excusait, mais : son singe. Il était évident qu'il ne pouvait pas voguer sur le Yang-tsé. Il resterait donc à Rogny. Il fallait quelqu'un pour s'en occuper.

Aller à Rogny prend, en voiture, une heure et demie. Revenir de Rogny : une heure et demie.

– Il faut sortir Marcel tous les jours, dit ma mère, il est morose. Ma croisière dure trois semaines.

Le singe de ma mère s'appelle Marcel. Nom de famille : Chimpanzé. Ce sont des choses qui vous tombent dessus, dans la vie.

– Je ne peux pas venir nourrir ton singe. Je comptais justement prendre quelques jours chez Halldor et Sigridur.

– Chez qui ?

– Maman, je vais en Islande tous les étés. Les cartes postales de glaciers que je t'envoie. L'Islande.

– On ne va pas laisser Marcel tout seul. Il déprime déjà. Le matin c'est toute une histoire pour le faire sortir du lit.

– Je choisis l'Islande.

– Il me réclame dès que je sors, quand je rentre il me fait des scènes. J'ai déjà pris mon billet d'avion.

– Trouve une autre baby-sitter.

Je n'ai jamais voulu entendre parler du singe de ma mère. Mes neurones ont bien imprimé, quelque part, qu'un singe était entré dans sa vie, je n'ai jamais voulu m'y intéresser. Un ex à elle, je crois, qui le lui a légué. Ou le descendant du singe d'un ex à elle, car il me semble bien avoir enregistré, à mon corps défendant, qu'il s'agit d'un jeune singe. Mais je me perds dans les ex de ma mère.

*

Rogny-les-Sept-Écluses est une charmante bourgade de l'Yonne. Plutôt que de faire l'aller et retour tous les jours, je m'étais résignée à y poser mes valises. Trois semaines à la charnière de juillet et d'août. Trois semaines. Mais la maison de ma mère n'est pas désagréable. Elle donne sur le canal, pas loin des fameuses écluses. Quand je dis fameuses, je ne sais pas si leur réputation dépasse l'Yonne.

J'avais laissé un message à ma fille, pour l'informer de mon programme. Ces mouchards de portables : elle ne répond jamais quand elle voit mon numéro. Pour dire la vérité, elle avait répondu exactement trois fois en huit mois. C'est comme ça que je sais qu'elle n'est pas morte. La première fois, c'était pour son anniversaire, la deuxième fois pour le mien (ça m'avait fait plaisir, je dois dire) et la troisième fois je ne sais pas pourquoi. Par erreur, certainement. « Ça va ? » « Ça va ? » C'est à peu près le résumé de nos conversations.

Ma mère m'attendait devant la porte, dans le transat où elle fait ses mots croisés et salue les cyclotouristes. Les hortensias étaient à leur comble. Les dahlias, aussi. Il faudrait que je les arrose tous les deux jours.

44

– Et le singe, demandai-je, pressée d'en finir. Qu'est-ce qu'il mange ?

– Il ne mange pas.

– Il ne mange pas ?

– Il ne mange pas. De l'eau seulement. Une petite poignée de millet pour lui occuper les dents, et une banane tous les deux ou trois jours. Ça suffit largement.

Marcel était allongé dans sa chambre. Les persiennes étaient tirées et il semblait dormir. Nous nous étions déjà rencontrés une fois, et salués d'un signe de tête. Je ne tenais pas à aller plus loin.

– Ce dont il a besoin, c'est de compagnie, chuchota ma mère. Et de prendre l'air dans le jardin. Il aime faire la conversation. Sous les lilas, tu lui mets un transat, et tu lui fais la conversation.

– La conversation.

– Plus il a faim, plus il parle. Il a commencé par dire ça, *j'ai faim*, et puis il est passé à autre chose. Et moi, j'aime qu'on me parle. J'ai besoin de compagnie, figure-toi, ce ne sont pas tes deux visites par an qui vont remplir ma vie. Mais je n'ai jamais voulu l'assoiffer. Ça me semble trop cruel.

– Il parle français ?

Ma mère fit une pause.

– Je n'ai jamais essayé une autre langue. Tiens, c'est une idée.

En plus de tout le reste, j'étais censée l'emmener à la gare de Fleury-les-Aubrais pour qu'elle aille attraper son avion à Roissy. Nous enfermâmes le précieux singe. Une absence d'une heure pendant sa sieste, il supportait.

Au retour je m'arrêtai au supermarché et achetai du millet pour canaris et des bananes. J'achetai aussi, sur une impulsion, de la pâtée pour chiens, des croquettes pour chats, et de la salade, des noix, du lait. Est-ce que les singes boivent du lait ? Les jeunes singes, sûrement. Cette histoire de diète me déplaisait. Et de la viande, mangent-ils de la viande ? Il faudrait que je regarde dans une encyclopédie. Ou sur Internet. S'ils sont omnivores comme les humains, les ours et les cochons. Je pris un poulet. J'achetai aussi le journal.

Quand j'ouvris la porte, la maison était totalement silencieuse. J'avançai prudemment. S'il y a bien une idée que je déteste, c'est celle d'un singe surgissant dans une maison obscure. Je poussai très doucement la porte de sa chambre, et il était toujours là, allongé dans la pénombre. Il avait repoussé ses couvertures, et il dormait sur le ventre, vêtu d'une salopette. Je distinguais son visage, aussi plissé qu'un poing fermé. Ses bras semblaient très longs, peut-être parce qu'ils étaient très maigres. Ses grandes mains surgissaient, comme gansées de cuir. Le pouce s'articulait bizarrement sous la paume, deux fois plus longue que la nôtre, faite pour s'accrocher aux branches.

Je me retirai discrètement, mis le poulet au four et lavai la salade. J'étais en train d'arroser les hortensias sur le chemin de halage, quand je sentis qu'on m'observait.

Marcel me regardait par la fenêtre. Son nez plat faisait deux auréoles de buée, qui apparaissaient et disparaissaient.

– Viens, lui dis-je.

Mais il mit un doigt sur sa bouche.

– Je n'ai pas le droit de sortir, m'expliqua-t-il quand j'eus fermé la porte.

Il maniait les mots avec précaution, articulant du bout des lèvres, la bouche en cul-de-poule. D'un être humain on eût dit qu'il était maniéré.

– C'est ma mère, qui t'interdit de sortir?

– Elle me permet d'aller derrière, dans le jardin.

Sa salopette flottait autour de lui. Son pelage était terne et manquait par plaques sur ses épaules. Ses oreilles étaient la seule partie un peu charnue de son visage. Sous ses joues creuses, sa mâchoire inférieure semblait énorme, prise d'une sorte d'autonomie. Quand il parlait il paraissait conscient de la lourdeur de son crâne, de la trop grande masse de sa carcasse, et tout embarrassé de lui-même. On n'avait pas le droit de traiter un singe comme ça. C'était inhumain.

J'avais vu une émission à la télévision. Il y a de moins en moins de singes sauvages. La déforestation, les captures, le braconnage, font que même les zoos ne parviennent plus à en exhiber. Le savoir des Bonobos se perd, eux qui connaissaient l'outil. Les cérémonies que les gorilles organisent autour des naissances ne se laissent plus observer qu'une ou deux fois par an. Quant aux singes parleurs, ils naissent tous en cage désormais, et ils se taisent. Sans doute sont-ils trop bien nourris. On a bien rapporté quelques cas d'imitateurs chez les chimpanzés domestiques, comme chez les perroquets, de *psittacisme* comme on dit; mais une vraie conversation, à ma connaissance, jamais. Je comprenais que ma mère reste discrète. De mon côté, trois semaines avec un parleur, ça changeait la donne.

– Viens manger. Tu sais mettre la table?

– Je n'ai pas faim.

– Tu n'as pas faim?

– Mais mangez, vous, je vous en prie.

Son vouvoiement me saisit. Un singe poli, en plus. Ou distant. Ou humble. Je fis un effort.

– Où avez-vous appris à parler si bien français?

– Avec votre mère.

– Ma mère?

– Oui.

Pour un parleur, il était peu bavard.

– Vous êtes né dans la région?

– Oui.

– Et quel âge avez-vous, si je puis me permettre?

– Trois ans et demi. Bientôt quatre.

Il brandit quatre longs doigts de sa paume, pouce caché.

J'essayai de rassembler mes souvenirs. Où et avec qui était ma mère il y a quatre ans? Et que me racontait-elle? Pas grand-chose, à la réflexion.

Marcel mit soigneusement la table, deux assiettes, deux verres, deux fourchettes et deux couteaux. Il avait tendance à se dandiner, mais quand il s'agissait de poser les objets, il se dressait, presque cambré, et s'appliquait avec des gestes de majordome.

Je sortis le poulet du four, disposai la salade et le millet, les bananes. Nous nous assîmes.

Il y eut un lourd silence. Le millet craquait sous les dents de Marcel, et il avait éloigné de lui les bananes. Il était très correctement assis, et quand sa gigantesque main s'approchait de son assiette, il semblait ralentir, réprimer l'influx musculaire, et c'est du bout des ongles qu'il cueillait les petits grains.

Je mastiquais mon blanc de poulet.

– Resservez-vous, Marcel, dis-je en versant d'autorité deux poignées de millet dans son assiette. Voulez-vous du ketchup?

Ses paupières velues scintillèrent.

– J'aime beaucoup le ketchup.

– Prenez tout ce que vous voulez. Vous êtes ici chez vous.

– J'aime mieux pas.

– Il faut manger, Marcel.

– Quand je mange, je deviens lourd et stupide. Je ne peux plus rien articuler.

Il y eut une pause. Les grains de millet explosaient sous ses dents.

– Vous me faites penser, Marcel, à ces anachorètes qui offraient leur jeûne à Dieu. Ils mangeaient sept olives par jour : huit auraient été de la gourmandise, et six, de l'orgueil.

49

– Je n'ai aucune culture. Excusez-moi.

– Quand est-ce, votre anniversaire?

– Votre mère m'a dit que c'était le 4 août.

La nuit tombait et Marcel semblait très fatigué. Un singe qui ne mange pas est un singe qui ne va pas bien, forcément. Il émit un bruit pathétique, rot ou gargouillis, et murmura des excuses. Pendant la cérémonie du coucher, que ma mère m'avait détaillée – brossage de dents, pipi et pyjama – la conversation déjà pauvre de Marcel se réduisit à des monosyllabes.

– Il faut manger, Marcel, lui dis-je en le bordant.

Il grogna faiblement. Selon les instructions de ma mère je lui lus son livre favori, *Porculus*, et sur les derniers mots il se mit à ronfler.

Faire venir un médecin était impensable. Un vétérinaire, c'était délicat. Il aurait fallu un psychologue pour singe, car celui-ci, visiblement, était au moins doté d'un surmoi.

Je m'assis dans le salon, porte ouverte sur le canal. La chaleur de la journée tombait, les hortensias penchaient la tête. Comme tous les soirs au coucher du soleil j'eus envie d'appeler ma fille – de lui laisser un message – mais un reste d'orgueil me retint. À la place, j'ouvris le journal. Il y avait un cahier « spécial livres été », et je me vis sur une plage, étendue à côté de je ne sais qui, un gros bouquin sur mes yeux pour les protéger du soleil. Biarritz. Ipanema. Bondi Beach.

L'article sur le best-seller de l'été était signé d'un nom qui me sauta aux yeux : c'était le mien. Précédé du prénom de ma fille. Ma salope de fille. Elle était devenue critique littéraire. Le cauchemar, pour une mère écrivain.

★

Le lendemain je sortis un transat pour Marcel sous les lilas. Moi, j'avais envie de m'étendre dans l'herbe.

– Installez-vous, Marcel.

– Je ne peux pas, me répondit-il.

Ses longs bras pendaient, aussi fins que des cordes, et ses mains touchaient le sol. Il se tenait particulièrement voûté.

– Vous ne pouvez pas ?

– Je ne peux pas m'asseoir si vous êtes par terre.

Le ciel était bleu, les lilas se balançaient dans le vent doux, les abeilles faisaient leur travail d'abeilles.

– Installez-vous dans le transat, Marcel, je vous le demande. Et faites-moi la conversation.

Marcel s'assit du bout des fesses. Il parut réfléchir un moment, tête penchée vers ses longs pieds. Ses orteils tenaient le bord du transat. On aurait dit deux longues mains sortant de sa salopette.

– Je ne sais pas faire la conversation, dit-il enfin. Excusez-moi.

– De quoi parlez-vous, avec ma mère ?

– Elle me raconte ses voyages.

J'essayai d'imaginer la vie de Marcel, élevé à Rogny, et tenant tout son savoir des opinions, réflexions et tribulations de ma voyageuse de mère. Dans les zoos, devant la cage des singes, je me demande toujours qui regarde qui. Le savoir des singes derrière les barreaux semble immense. Mais que peut connaître un singe de quatre ans qui n'a jamais quitté son Yonne natale?

– Elle vous parle de ses amours, aussi?

– Oui, souffla Marcel, et il me sembla que sa peau gris foncé prenait des reflets pourpres.

J'avançai prudemment.

– Elle est partie avec quelqu'un, en Chine?

– Ou-Oui, hésita Marcel.

Ma pièce de théâtre perdait de son attrait. Il y avait un roman à écrire, sur ce singe.

★

Se renseigner sur la vie sexuelle de sa mère est vite fastidieux, surtout par l'intermédiaire d'un singe peu loquace. Mais j'avais écrit, en dix jours de villégiature rognyssoise, les cinquante premières pages de mon nouveau roman, et tout ce qu'aurait pu ajouter Marcel ne me servirait à rien. La fiction dépasse toujours la réalité, quoi qu'on en dise, et en rend mieux compte que les témoignages.

Marcel s'ennuyait. J'étais beaucoup moins bavarde que ma mère. J'écrivais toute la journée. Le soir sous les lilas, après avoir rangé la cuisine il me servait de la tisane ou de l'armagnac, selon mon humeur, et il grignotait pensivement du millet. Il s'était peut-être un peu remplumé, mais je le regardais peu, le pauvre. Il parlait de moins en moins, seulement pour le nécessaire, intendance, météo, informations brèves. Il attendait le retour de ma mère.

Je le savais discret jusqu'au scrupule, mais j'étais mal à l'aise, à l'idée qu'il lui rapporte mes questions inquisitrices.

Le 4 août, jour de son anniversaire, je commandai au pâtissier de Rogny un gâteau à la banane et au ketchup. « À la banane et au ketchup, dis-je. Débrouillez-vous. » On apprend vite, en compagnie d'un singe, à donner des ordres.

– Mangez, dis-je à Marcel quand je rentrai. Et bon anniversaire.

– J'aime mieux pas.

– Mangez, Marcel. On ne refuse pas un gâteau d'anniversaire. Je vous l'ordonne.

Marcel se coucha ce soir-là, et les soirs suivants, le ventre plein. Lait, viande, salade, pizzas : je ne sais rien des singes sauvages, mais les domestiques mangent de tout. Il faisait chaud, c'était le milieu de l'été, je rapportais des glaces, des sodas, des monceaux de cacahuètes. J'écrivais, il mangeait, il reprenait du poil de la bête. Il passait le balai dans toute la maison, il faisait des grimaces dans le miroir, il rigolait en poursuivant les oiseaux. Nous n'avions pas grand-chose à nous dire, mais le silence ne nous pesait plus.

Un soir il grommela quelque chose. Je lui demandai de répéter, ça ressemblait à « Je n'ai plus faim ».

Quand ma mère rentra de sa croisière sur le Yang-tsé, Marcel avait de bonnes joues, et il ne parlait plus.

– C'est une catastrophe, dit ma mère.

– Ton singe n'a jamais eu grand-chose à dire, rétorquai-je.

Marcel avait disparu. J'eus un moment de panique en pensant au canal. Les singes sont-ils suicidaires ? Mais Marcel était dans les lilas. Il sautait de branche en branche en poussant des cris, et sa salopette abandonnée faisait un tas sur le transat.

À la rentrée, quand j'achetai le journal, ma fille était devenue rédactrice en chef des pages littéraires. Ce sont des choses qui vous tombent dessus, dans la vie.

(2005)

CÉLIBATAIRE

Vous me posez la question de la pilule. Mais j'ai toujours vécu avec la pilule, j'ai toujours vécu dans un univers où la pilule existait. Elle ne me pose pas le moindre problème, je la supporte très bien. Je ne grossis pas, mes seins ne gonflent pas, je n'ai pas de cellulite, ma peau est impeccable, et avec les micro-dosages, je peux même fumer une ou deux cigarettes par jour sans craindre l'embolie.

Dans notre maison d'enfance, je me rappelle avoir vu traîner une bande dessinée datant de l'époque où les premières pilules ont été prescrites. Un personnage perdait ses cheveux, sa peau, ses ongles, et finissait par mourir d'un épouvantable cancer. On se serait cru dans *L'Invention de Morel*, de Bioy Casares, dont j'avais vu une adaptation à la télé vers la même époque. J'étais enfant, et je faisais des cauchemars où ma peau pelait. Le naufragé de Bioy Casares tombe amoureux d'une femme, d'une vraie femme, une de ces créatures de fantasmes et de cocktails, dansant lentement, quasi muette, jouant au tennis sans y croire et regardant la mer comme si la noyade était un destin parmi d'autres. Il s'avère que la femme, celle qu'il prend pour l'incarnation de la Femme, n'est qu'un hologramme projeté parmi d'autres hologrammes. La machine qui filme est mortelle, une sorte de lèpre.

Mais la pilule, les hologrammes, c'était comme le frigo et l'ordinateur, des compagnons bénins, un entourage technique qui avait toujours été là. À peine plus que les tables et les chaises, à peine plus que le lait en briquettes. Ma mère avait toujours pris la pilule. Quand mon tour est venu, j'ai à peine songé à l'aspect libérateur de la chose. De toute façon, malgré les progrès et les thérapies, on est toujours obligé de se protéger, à cause des maladies. Les prothèses, autour de moi, il n'y a jamais eu que ça : pour le sexe, pour les yeux, pour les oreilles, pour les mains... en médecine, en esthétique... pour le sport, la bouffe, l'informatique, la serrurerie, la banque, l'ameublement... la prévention routière, la prévention tout court... Si on a trop tendance à l'oublier, on peut toujours se la faire implanter sous la peau, la pilule, et il y a aussi des stérilets en tous genres, pour tous les cas.

Bref, la bande dessinée violemment anti-pilule était une bande dessinée féministe, j'ai mis du temps à le comprendre. La pilule privait le corps des femmes de leur rythme naturel, on les amputait de leurs cycles... Une technique forcément masculine les manipulait, les aliénait... Les hommes pouvaient les séduire et puis les planter là (les femmes) sans plus craindre de conséquences. Le monde à l'envers. Je revois encore le graphisme un peu sale, on a dit *trash* à une autre époque... le papier jauni, pelucheux, bon marché... au milieu d'autres revues, des piles de *Métal hurlant*, de *Pilote*, de *À suivre*, des affiches de Crumb... Aujourd'hui tout ça vaudrait une petite fortune.

Je veux dire, la pilule, pour moi, c'est une évidence. Je sais qu'un homme l'a inventée, Pincus, à une époque où le pouvoir scientifique était aux mains des hommes. Je sais aussi qu'il y a eu une « parenthèse enchantée » où la population occidentale est devenue tellement oublieuse des maladies que la pilule suffisait, aucune autre protection ne semblait nécessaire... La seule crainte c'était l'enfant, l'enfant pas désiré, la restriction de la liberté... Je sais, je sais tout ça.

Dans le grenier de notre maison d'enfance il y avait aussi des bouquins. Deleuze, Foucault, Barthes... ils s'appelaient Gilles, Michel, Roland... C'était la même époque, une époque où les hommes

écrivaient 95 % des livres. La philosophie du désir.
Vu comme ça, bien sûr, ça fait envie. Et les femmes
se sont mises à prendre la pilule, en masse. Mais il
fallait voir quelles pilules. C'était une époque où la
prise de risques atteignait un niveau révoltant.
« Parenthèse enchantée », ça dépend sur quel plan.
On faisait n'importe quoi avec la nourriture, avec le
tabac, avec les drogues, avec les antibiotiques, avec
les gaz à effet de serre. Les gens mouraient sur les
routes. On transportait les enfants sans siège auto,
juste posés là, sur la banquette arrière, et parfois
même sur le siège avant. La promiscuité sexuelle frôlait l'aberration. L'utopie cavalait, délirante.

Ma mère me racontait souvent qu'elle avait failli
ne jamais voir le jour, tant mon grand-père aimait
ma grand-mère. Il était tellement imprégné des idées
nouvelles sur l'égalité des sexes, le partage des tâches
etc., et il l'aimait tant, sa femme... que par solidarité
il avait voulu prendre la pilule avec elle : un com-
primé chaque soir comme on faisait à l'époque. Au
bout de plusieurs années, après avoir bien profité de
leur jeunesse, ils ont décidé d'avoir un enfant. Mais
l'enfant ne venait pas. Bien sûr on a d'abord testé ma
grand-mère : trompes, ovaires, ovulation, qualité de
la glaire, état du col de l'utérus... Et puis on a testé
mon grand-père. Il n'avait quasiment aucun sperma-
tozoïde. Le toubib a constaté avec stupéfaction qu'il
n'avait presque plus de barbe, et que ses bourgeons
mammaires étaient beaucoup plus développés que

la normale. À force d'avaler la pilule, la même pilule que son épouse, mon grand-père se transformait en femme. Il fallut plus de deux ans d'arrêt, de désintoxication en quelque sorte, pour que ses hormones mâles reprennent le dessus, et que ma mère naisse enfin.

Évidemment, ma génération ne raisonne plus du tout dans les mêmes termes. Les choses ont beaucoup changé en tellement peu de temps... Et entre autres prothèses, entre autres sécurités, tout le monde prend la pilule. C'est le plus simple et le plus sûr. Les tests sont fiables. Les effets secondaires minimes. Nous avons beaucoup de recul. La pilule tend même à réduire l'apparition de certains cancers, cancer de l'utérus chez la femme, cancer des testicules chez l'homme. À chacun sa pilule. Avec les microdosages, les cycles hormonaux mâle et femelle sont moins perturbés, ils tendent à se lisser, ils jouent moins sur l'humeur des uns et des autres. Enfin c'est ce que j'ai cru comprendre. Et c'est comme si les anciennes frontières entre les sexes, que les générations du passé s'évertuaient à maintenir, se diluaient enfin comme il est naturel.

On ne choisit pas, bien sûr. On tombe amoureux d'un sexe ou d'un autre. Mon premier amant était un homme. J'ai envie de dire : ça tomba sur un homme, cette force qui me traversait depuis l'enfance, et qui me poussait hors des bras de ma

mère… Évidemment, entre lui et moi, la question de
la pilule ne se posait pas. On nous l'apprend à
l'école, et il suffit de regarder les animaux, les
pigeons ou les écureuils des parcs… Mâle plus mâle,
femelle plus femelle… : pas de risque de rejeton. On
a mis des préservatifs, au début, comme tout le
monde. Et puis nous n'en avons plus mis, advienne
que pourra. Nous étions amoureux, au sommet de la
gloire. Mais très rapidement après, nous nous
sommes séparés, et chacun de notre côté jetés sur
des tests : les virus nous avaient épargnés.

Ensuite j'ai aimé une femme, et une femme m'a
aimé. On s'approchait l'un de l'autre, et entre nous
se créaient ces zones couvertes et découvertes…
comme des bords de mer… avec des tourbillons, des
passerelles, des flux, des averses battantes, de nouvelles cartes et de nouveaux pays que nous explo-
rions… L'amour!

Mâle plus femelle… Nous avons discuté longtemps pour savoir qui de nous deux se mettrait sous
pilule. On pouvait la prendre ensemble, bien sûr
– comme un hommage à mes grands-parents : mon
grand-père n'avait-il pas été, à sa façon maladroite,
un précurseur? Mais les médecins ne sont pas pour.
C'est, après tout, doubler les quelques effets secondaires qui demeurent. Les études semblent aussi
montrer que la contraception *per os* est mieux assurée
quand une seule personne en a la charge : à deux on

se relâche, on compte inconsciemment sur l'autre, on oublie... Moi je suis pour les implants : un petit bâtonnet sous la peau, et on n'y pense plus pendant un an.

« Tu délires, me disait ma compagne. De toute façon c'est à moi de la prendre. La pilule pour hommes, c'est bien, mais ce qui n'a pas changé, c'est qu'en cas d'oubli les conséquences sont pour la femme. » « Avec un implant, aucun risque d'oubli » objectais-je. « Les implants rendent chauves » ricanait ma compagne. « Mais si tu tombes enceinte, cet enfant sera aussi le mien ! » protestais-je. Archaïsme ou mauvaise foi, ma compagne ne voulait rien entendre.

Je ne dis pas que nous nous sommes séparés pour cette histoire de pilule. Mais les questions soulevées seraient sans doute restées enfouies plus longtemps. Elle a fini par partir... Il y a bien long-temps que je n'ai pas vécu d'histoire d'amour. Et il y a bien longtemps, comme aurait dit ma mère, que j'ai coiffé sainte Catherine ! Les hommes, et parmi eux ceux qu'on appelait autrefois les homosexuels, fonctionnent en tribus ; et les femmes se crampon-nent à leur statut de femme.

J'avais rêvé d'un monde où il n'y aurait pas eu deux sexes mais douze, mais vingt-cinq, au gré des rencontres, des flux et des reflux, des attirances...

Mais ma mère m'a toujours dit que je ressemblais à
son frère; mon vieil oncle est resté seul, sans descen-
dance et sans histoire, figé dans ses habitudes.
« Vieux garçon », c'est ainsi qu'on m'aurait appelé
autrefois. Garçon, je le suis, certes, et vieux, je commence à l'être. Mais j'ai parfois le sentiment d'avoir
frôlé quelque chose... j'ai parfois comme des intui-
tions... un monde large, parcouru de mouvements...
avec des couleurs sans nom, des rivières se rami-
fiant... un univers que j'ai entraperçu...

Alors je prends la pilule tout seul, comme tous
les célibataires que je connais. Il n'y a personne dans
ma vie, mais on ne sait jamais.

(2004)

NATHANAËL

1. Biographie.

Nathanaël était né à l'âge de dix ans, d'une mère et de trois pères. Auparavant il n'avait fait que des bêtises, sans grande originalité mais en quantité suffisante pour blaser définitivement sa mère. À l'âge de trois ans, voulant attraper un reste de gâteau qu'on lui avait interdit, il déséquilibra le réfrigérateur et se retrouva au frais pour plusieurs heures, recroquevillé sous l'étage des yaourts. Lorsque sa mère découvrit cette tortue polaire, les extrémités de Nathanaël viraient déjà au bleu. Il ne mit que quelques jours pour développer une pneumonie qui faillit l'emporter. Il était déjà maigre, il devint malingre.

Son deuxième père, le journaliste – ce n'est que bien plus tard que Nathanaël apprit qu'il ne s'agissait pas du géniteur en titre – ne tarda pas à quitter le foyer, victime d'une dépression nerveuse à la suite du vol expérimental tenté par Nathanaël du haut de leur second étage rue du Bac. Il faut dire à la décharge du deuxième père que ses nerfs avaient déjà été mis à rude épreuve les années qui suivirent l'épisode du réfrigérateur; car Nathanaël s'était mis en tête qu'à la suite de sa décongélation, des mutations moléculaires s'étaient produites en sa petite personne; et que non content de pouvoir désormais communiquer avec la planète des Vrais Siens, desquels il était cruellement séparé à la suite d'une catastrophe qu'il serait trop long de raconter ici (car elle entraîna sur la Terre et les océans de multiples typhons, tsunamis, et naufrages, ce qui explique entre autres le mystère du triangle des Bermudes), il se trouvait désormais en pleine possession de ses pouvoirs naturels trop longtemps congelés; à savoir le pouvoir de deviner les secrets, le pouvoir de traverser les murs, le pouvoir de voler, et le pouvoir de pulvériser par les narines tout liquide préalablement ingéré.

Certains de ces pouvoirs se révélèrent à mesure que leur besoin se fit sentir. Ce fut pour échapper à une fessée du deuxième père que Nathanaël sentit les ailes de ses ancêtres lui pousser dans le dos, ce qui lui permit de franchir en toute confiance la rambarde de la fenêtre. La fessée, quant à elle, était la conséquence malheureuse d'une pulvérisation de grenadine particulièrement réussie, sur un article en cours du deuxième papa.

La mère, première et unique, tenait bien le coup. Après ses trois mois de plâtre, Nathanaël avait au moins perdu la détestable manie de se lancer à toute volée sur les murs, c'était bruyant et gênant lorsqu'il y avait des invités. Et la mère croyait trop peu aux pouvoirs révélés de son fils pour craindre qu'il ne perçât le secret de sa naissance, et les murs par la même occasion.

Devant si peu de considération, Nathanaël consentit à ne plus expérimenter ses pouvoirs qu'en cachette, et s'enferma avec les Vrais Siens dans les coins les plus secrets de son cerveau. Il jouait le jeu de l'école, des bons points et des copains avec distraction mais adresse. Les Vrais Siens finirent par l'abandonner aussi, lassés par tant de duplicité, et regagnèrent leur Triangle du côté des Bermudes où une nette recrudescence de naufrages fut observée. Nathanaël se retrouva donc tout seul vers l'âge de dix ans, doté d'un troisième père, de la même mère organisatrice de voyages de luxe, et d'un tout nouveau mais profond sens de l'ennui.

Il tomba dans les travers de son âge et garnit l'appartement de maquettes diverses, en particulier de Panzers de la dernière guerre qui faisaient dire à sa mère que des bateaux, au moins, eussent été décoratifs. Voyant de nouveau ses talents méconnus, Nathanaël se vengea sur l'électronique, inventant pour sa chambre plusieurs systèmes d'alarme, et truffant de sirènes à tonalités variées les portes

des placards, ainsi que celle du fameux réfrigérateur – sa mère suivait un régime amaigrissant. Le
système ne manquait pas de déclencher les hurlements de celle-ci chaque fois qu'elle cédait à une
petite faim. Le troisième père partit.

2. Absences.

Ce troisième père fut le seul à garder des
contacts directs avec la petite famille. Le deuxième
père ne se manifestait plus que sous la forme de deux
initiales au bas de graves colonnes – ou une signature
entière les jours fastes – dans le quotidien glissé
chaque matin sur le paillasson. Les deux initiales, qui
formaient à elles seules un petit mot légèrement ridicule, faisaient pouffer la maman de dédain. Le nom
entier la plongeait dans une grande hilarité, à
laquelle succédait immanquablement l'ouverture du
frigo. Quant au premier père, Nathanaël ignorait
toujours jusqu'à son existence.

Le troisième père, lui, avait du temps pour
s'inquiéter des yeux rêveurs de Nathanaël, et des
programmes de plus en plus délirants concoctés par
la mère pour ses voyageurs de luxe. Les deux secré-
taires d'ambassade qu'il lui avait confiés le temps de
courtes vacances n'avaient pas supporté la nourriture
déshydratée, et son tour du monde des phares de
pleine mer en remorqueur, qu'elle avait soi-disant
expérimenté elle-même, n'avait rencontré aucun

accueil favorable dans les milieux branchés de la diplomatie parisienne.

La mère se trompait de cible, lui répétait le troisième père ; et la mère découvrait que le troisième père n'était pas l'aventurier qu'elle avait cru, et que diplomatie ne rime pas avec traversées au long cours sous les cieux rougeoyants des crépuscules tropicaux. Nathanaël, lui, comprenait fort bien les soucis du troisième père ; la mère avait dans les yeux une nostalgie étrange, qui commençait à devenir inquiétante ; une nostalgie toute bleue qui faisait des taches mouvantes au fond de ses prunelles. La mère se prénommait Élisa, Élisa comme les Alizés. C'était le plus beau prénom que Nathanaël connaissait.

3. Cadeau de Noël.

Si le troisième père avait du temps pour être à l'écoute de ses deux protégés, c'est qu'il travaillait à l'ambassade du Lichtenstein comme secrétaire à l'immigration. Le poste ayant été conservé et constamment pourvu depuis sa création, l'immigration lichtensteinienne en France ne concernant que quelques individus par an, dont très peu tentaient le forcing par la mer, le secrétariat, enfin, étant voué à la désuétude lors de l'ouverture annoncée des frontières, le troisième père, d'un naturel jovial, attendait patiemment la retraite sous les larges fenêtres de son grand bureau, en lisant chaque jour, des gros titres au carnet, l'épais quotidien où signait son prédécesseur du rang n° 2 ; prédécesseur auquel il vouait, sans le connaître et nonobstant des penchants politiques communs, une profonde sympathie.

Pour la Noël, le troisième père, du fond de son grand bureau aux fenêtres larges, les mains posées à plat sur les accoudoirs du fauteuil, le regard errant sur le ciel, se demandait quel geste il pourrait faire pour ne pas disparaître aussi complètement de la mémoire du petit garçon que de la scène diplomatique. Un cadeau lui parut de bonne politique. Toutefois, il se devait de ne pas être trop fastueux, car la mère se vexait facilement, ni trop original car le troisième père craignait, plus encore que l'oubli, l'attachement trop encombrant de cet enfant privé de père ; pour cette même raison le cadeau devait toutefois frapper son imagination car il était hors de question que pareille largesse se renouvelât trop souvent ; en l'occurrence il était nécessaire de marquer son caractère exceptionnel.

Indécis, le troisième père tapota des ongles sur l'accoudoir, puis souleva son téléphone et convoqua son meilleur conseiller. Il lui délégua les pleins pouvoirs, non sans lui avoir dressé un tableau détaillé de la situation. Instruit par une photo de l'enfant et par un rapport oral mais complet sur ses goûts en matière d'électronique, pourvu d'un budget mûrement établi, le conseiller sollicita l'obtention d'un délai, se retira dans son bureau et appela son secrétaire, auquel il confia l'exécution du projet en lui prodiguant à son tour maints conseils, lui remettant en mains propres la photo de l'intéressé. Le secrétaire quitta l'ambassade en voiture officielle et revint de sa délicate mission les bras chargé d'un matériel si sensible qu'il fit sonner toutes les alarmes, et provoqua un bel affolement parmi les membres du personnel surveillant.

Il s'agissait simplement du *nec plus ultra* en matière de composants électroniques ludiques, et le troisième papa, quoique secrètement déçu parce qu'il avait eu le temps de rêver à des jouets imaginaires, félicita le conseiller de l'efficacité de sa démarche.

4. Le 25 décembre au matin.

Sous la forme de ce cadeau si diplomatiquement pensé, la mort vint une troisième fois à la rencontre de Nathanaël.

Le lendemain de Noël, il se leva tôt dans l'odeur mélancolique des cigares que son troisième père fumait. Ils avaient fait un agréable repas de fête à trois, et sur la table à moitié débarrassée les éléments du montage électronique, à peine sortis de leur emballage, côtoyaient des restes de gâteau visiblement destinés au petit-déjeuner de Nathanaël.

Nathanaël s'assit et considéra son cadeau sans émotion particulière, bien que le beau paquet tendu la veille par le troisième père rayonnant lui eût fait bondir le cœur. Ce souvenir était un peu pénible, car Nathanaël, qui allait tout de même sur ses onze ans, arrivait à un âge où la plus élémentaire décence exige que l'on ne s'étonne de rien.

Nathanaël lut distraitement la notice, vit que l'on se proposait de lui faire construire un petit hélicoptère à télécommande, et eut exactement la même moue que sa mère lisant les initiales du deuxième père. Mâchouillant la part de gâteau restante, il envisagea vaguement de transformer les éléments du montage en sirène de voiture, en empruntant peut-être le klaxon de celle de sa mère. On pouvait aussi avec moins d'embarras améliorer son radio-réveil en utilisant la télécommande, s'il était possible de l'adapter, pour le manipuler discrètement à distance.

Nathanaël tourna et retourna deux ou trois composants. Il dessina du doigt dans un reste de crème au beurre. Il se leva, fit quelques pas au milieu du couloir, et appela sa mère, pour voir. Puis il revint vers la crème au beurre et les composants électroniques, suça la petite cuillère et se gratta les côtes sous son pyjama bleu.

Il avait soif mais partir à la cuisine se faire du chocolat lui parut une entreprise insurmontable. Alors il saisit de nouveau entre ses doigts poisseux l'un des petits composants, il le fit tourner sur son pouce, il le scruta d'un air soupçonneux, il souffla légèrement dessus, et il le posa là, sur la table, à l'endroit exact autour duquel s'agencerait le reste du circuit.

Nathanaël soupira et repoussa sa chaise. Il souleva l'élastique de son pyjama et gratta à l'endroit où la ceinture rougissait la peau. Puis il traversa tout le couloir, et frappa à la porte de sa mère.

La chambre était vide. Une odeur de cigare flottait dans l'obscurité tiède. Nathanaël ramena vers le haut du lit les couvertures débraillées, et s'assit tout au bord, dans la lumière étroite qui naissait, pailletée de poussière, à la lèvre des rideaux. L'ombre était fendue en deux. Dans le silence de la chambre, une dernière volute de fumée grise planait immobile sur le rayon de soleil.

Nathanaël débrancha le radio-réveil et vit s'éteindre dans l'ombre muette les petits chiffres rouges. Le réveil à la main, il ouvrit en grand les rideaux, ouvrit la porte-fenêtre, et le soleil se déversa avec la fraîcheur du matin, les bruits de la rue montèrent. Un soutien-gorge en dentelle traînait par terre, Nathanaël le plia aussi soigneusement qu'il put, les deux bonnets exactement l'un dans l'autre, et il le posa sur la table de nuit.

5. Travaux de Noël.

Revenu dans la salle à manger, Nathanaël s'était mis à l'œuvre. Sur la table, les petits éléments prenaient forme, le réveil à demi éventré rendait l'âme en clignotant de détresse et se vidait de sa substance en des circuits où les pales de l'hélicoptère hésitaient encore à s'intégrer. Il manquait un contact. Nathanaël considéra la petite cuillère figée dans la crème au beurre, la lécha distraitement puis la tordit, han, entre deux dents. C'était du conducteur.

Le tout était maintenant de la tailler aux dimensions nécessaires. Le couteau à gâteau n'offrant visiblement pas la résistance requise, Nathanaël courut chercher sa petite scie à métaux et tailla dans le manche de la cuillère à petits coups précis et contenus. Son montage prenait corps, une certaine fébrilité le gagnait. Ici le récepteur, là le transistor, deux ou trois points de soudure. Nathanaël transpirait sur ses instruments et s'essuyait le front de ses mains moites. La question était maintenant de savoir si le réveil avait survécu à l'opération ; quand Nathanaël le brancha, les petits chiffres rouges, certes un peu vacillants, couvaient toujours tels des brandons sous la cendre. Tout allait bien. Lorsque Nathanaël plaça le bout de cuillère dans le circuit, le 220 volts fit feu à la seconde.

6. Guirlande de Noël.

Son cœur s'arrêta, exactement comme s'arrête de peloter un chat qui pelote une souris. Il ne le sentit plus battre dans sa poitrine, et c'est seulement là, à cet instant, qu'il réalisa que sa courte vie durant il l'avait toujours senti battre ; mais que ce battement qui signifiait la vie même, il n'en avait jamais été conscient puisqu'il l'avait toujours senti ; et senti aussi, il s'en souvint, aux origines, dans une exquise chaleur liquide, battre, un coup pour deux, le cœur de sa mère.

À cet instant du choc son sang se pulvérisa, puis se figea avec une espèce d'ardeur sourde. Plus rien ne battait, plus rien ne vivait en Nathanaël que ce qui songeait encore à cette ardeur, presque rêveusement. Et plus rien ne pulsait que les chiffres survoltés du réveil, une excroissance vivante au bout de son bras court-circuité. Les yeux paralysés, Nathanaël ne put voir à cet instant que ces gros chiffres rouges, 8 h 43, sa dernière heure, et elle se marqua au fer dans ses neurones mémoriaux.

En cette seconde même, ou peut-être en cette poussière de seconde – celle où son cœur s'arrêta – l'éternité toute blanche et muette se fit dans son âme, son âme s'écartela aux dimensions de l'univers, elle s'éternisa comme le ferait un corps sensible passant par les trois états de la matière, le solide, le liquide, le gazeux, pour s'apothéoser en un quatrième état, une quatrième dimension extatique, une épiphanie, le pinacle, le bonheur, le paradis.

Nathanaël songea qu'il était mort, ou plutôt, figé dans une exquise absence de vie. Pas un seul de ses neurones pâmés ne lui suggéra l'hypothèse de Dieu, car il n'oubliait pas que cette éternité toute blanche n'était que du 220 volts le traversant comme chez lui, et que son corps hérissé, et toutes les ramifications de sa cervelle, et les moindres antennes de son système nerveux en pleine félicité, faisaient à ce moment-là partie intégrante du circuit électrique, au même titre, trivialement, que les transistors, le réveil, et le fatidique bout de cuillère.

Ensuite il y eut du noir.

7. Métaphysique de Noël.

Lorsque Nathanaël revint à lui, il lui sembla qu'il n'était resté inconscient que quelques secondes. Il désira se repérer mais il constata, d'abord, que le noir persistait, ou plutôt que ses yeux ne lui présentaient qu'un néant aussi absolu que s'il avait demandé à la paume de ses mains, ou à la plante de ses pieds, de voir. Puis il constata que le bras qu'il voulait lancer en avant pour tâter le terrain ne lui répondait pas, ou que son esprit n'enregistrait aucune réaction sensible. Ses membres sollicités un à un refusèrent à leur tour de manifester leur existence. Nathanaël avait pleinement conscience de lancer l'ordre, mais le flux d'énergie nerveuse n'aboutissait nulle part, comme s'il se perdait dans une chair étrangère et cuite.

Nathanaël décida d'attendre que quelque chose se passe; se passe en sa propre hypothétique personne, ou qu'un événement extérieur vînt prendre le relais de sa volonté contrariée.

Il n'était nullement affolé. En fait il ne ressentait rien. Aucun sentiment ne semblait décidé à fuser de ses neurones apparemment fondus, et la douleur était absente du paquet de matière amorphe qui paraissait lui tenir lieu de corps. Nathanaël n'avait pour sensation, en cet instant, que celle, paradoxale et sans lieu, d'être absent à son propre corps ; la sensation que quelque chose de purement désincarné continuait à luire comme une veilleuse dans une chambre d'enfant, quelque part, faiblement, loin de ses jambes et de ses bras éteints.

Et cette lueur solitaire, celle de cette sensation aberrante, était la seule qui rattachât encore à la vie celui, donc, qui la sentait – raisonna Nathanaël. Et comme il raisonnait ainsi, il en conclut que si quelque chose continuait à raisonner en lui, c'était qu'il était donc, encore, quelque part, un peu existant.

Il y a quelque chose de vertigineux à conclure d'une sensation de non-être, de désincarnation, de mort, que l'on est toujours vivant.

Nathanaël comprit que sa naissance venait de se produire dans le Cosmos. Peut-être les Vrais Siens, finalement, s'étaient-ils souvenus de lui. Tout le reste, ses souvenirs antérieurs, n'étaient qu'un coup monté par sa mère, une affabulation, un conditionnement de son esprit enfin libéré pour lui faire croire qu'elle, Élisa, avait joué un rôle bien plus prégnant que l'Électricité dans la formation de sa personne.

Nathanaël resta donc posé comme un tas sans s'ennuyer ni s'angoisser le moins du monde, constatant simplement que selon toute vraisemblance il ne pourrait plus jamais battre un cil de sa vie, ce qui n'était pas forcément pour lui déplaire ; et envisageant la tête que ferait sa mère lorsqu'elle le trouverait gisant dans son living.

8. Guirlande de Noël *bis* (à clignotements incorporés).

Le premier événement qui survint dans cette absence d'événement fut la sensation du sol contre la peau de son dos. Cette sensation était douce, vivante, et recréait l'espace autour de lui : celui de la salle à manger, celui de son propre corps. Son esprit, qui se déployait lentement, retrouvait avec soulagement son lieu, se lovait dans cette échine redécouverte, dans cette chair dont jusque-là Nathanaël s'était peu soucié. Son dos était là à nouveau, la peau de son dos, et bientôt une partie de ses jambes, celle en contact avec le sol. Par le dos et les jambes Nathanaël savoura ce contact, cette caresse statique, cette douce pression de la pesanteur, des lois physiques, terrestres et charnelles ; une sensualité plus cosmique qu'érotique, à laquelle se pliait son corps réincarné.

Le deuxième événement, ce fut l'odeur, une terrible odeur de brûlé, sucrée, écœurante. Nathanaël se rendit compte qu'il respirait toujours, puisqu'il sentait l'odeur. Et il prit conscience que sa poitrine se soulevait et s'abaissait régulièrement.

Là, la peur revint, avec la sensation concrète de la vie ; car avec la vie renaissait l'instinct de survie, il fallait s'éveiller tout à fait, il fallait fuir si la pièce flambait.

Nathanaël essaya à nouveau de bouger, mais les impulsions qu'il tentait d'imprimer à son corps n'aboutirent qu'à lui faire comprendre dans quelle position il se trouvait pétrifié ; car à mesure qu'il lançait des appels vers ses membres, ceux-ci ne répondaient que par une sensibilité accrue, comme si petit à petit – cela devenait une habitude – il se décongelait, d'abord le dos, puis la poitrine, puis les bras et les jambes, de l'articulation à l'extrémité.

Les influx nerveux lancés en éclaireurs partaient de plus en plus loin à la recherche de la chair, revenaient avec des informations, la jambe ici sous l'autre jambe, le bras tordu se prolongeant sur la poitrine, un bout de cou montant à l'assaut de la tête absente, comme décapitée – mais rien de tout cela ne voulait bouger. Mis à part donc la tête, qui tout de même devait bien se trouver là, Nathanaël fut content et même vaguement ému de constater que tout semblait tenir d'un bloc, que les jambes adhéraient au tronc, que les bras n'avaient pas été éjectés loin du torse, bref, qu'il était entier.

Les influx nerveux revenaient tous en hâte porteurs de cette bonne nouvelle, et cela créait des embouteillages rigolos, des cacophonies et des bousculades pleines de sonneries, des chocs, des dérapages, et ça chatouillait dans la moelle épinière.

Nathanaël sentit le fou rire monter. Des picotements le saisissaient par endroits puis rayonnaient dans tout son corps, découvrant progressivement de plus grandes zones de chair hilare; et lorsqu'il se concentrait sur telle partie à nouveau sensible, il parvenait à faire cheminer les influx sur des trajets qu'il choisissait. Toute sa tête lui fut ainsi rendue, jusqu'aux moindres parcelles de son cuir chevelu. Et cela chatouillait, chatouillait! Le rire mit de soudains éclatements dans ses muscles, quelques cahots soulevèrent ses omoplates, et ce désengourdissement progressif de sa chair était sans doute comparable – se dit Nathanaël – à l'euphorie qui prend la marmotte s'étirant muscle à muscle après l'hibernation, en se chauffant au soleil du printemps.

Nathanaël resta ainsi un temps indéfini, tout tordu contre le sol, à savourer les picotements et les caresses et les petites morsures d'amante que lui prodiguait la vie. Le plaisir gagna ses yeux, le néant se dissipa, Nathanaël vit de nouveau, le temps de fermer les paupières pour mieux jouir de sa chair fourmillante, pour mieux sentir son sang qui galopait de plus en plus loin.

Nathanaël contempla le noir reposant, sous ses paupières fermées, et il réalisa qu'il avait bougé, qu'il avait fermé les yeux!

Il ouvrit les yeux, il les ferma, il les rouvrit, il s'amusa comme un petit fou à papillonner ainsi, il fit de l'œil au réveil calciné qui fumait sous son regard, il constata dans son champ de vision un peu limité que rien ne brûlait dans la pièce – souci qui lui était complètement sorti de l'esprit. Dans le même angle de vue il observa que la lumière déclinait sur le sol, et qu'il faisait, tout à coup, nuit noire.

Les picotements s'accentuaient maintenant le long de son corps, jusqu'à devenir franchement désagréables, comme si des crampes se formaient dans ses muscles. Mais ces élancements s'arrêtaient tous au seuil des poignets. Nathanaël avait beau se concentrer sur eux, rien ne perçait leur étranglement.

Il voulut amener ses mains vers lui pour les regarder, puisque seule la vision pouvait rendre compte de leur existence.

Il fit un effort terrible, il eut la sensation d'un arrachement, comme si ses membres se détachaient de lui. Il parvint à se hisser sur un coude – et au bout d'un temps qu'il fut incapable d'estimer, il se retrouva à genoux au milieu de la salle à manger.

9. Renaissance de Noël.

La table était renversée, le circuit comme pulvérisé partout dans la pièce, et la crème au beurre dans l'assiette fendue ne formait plus qu'un tas tout sec. Nathanaël distinguait mal, il faisait profondément nuit.

Il se mit sur ses pieds, son corps martelé de courbatures comme s'il avait joué au foot toute la journée. Il fit quelques pas vacillants, deux ou trois tours incontrôlés sur lui-même, avec une certaine difficulté

pour empêcher sa jambe gauche de donner inconsi-
dérément des coups sur le côté. Il atterrit plus rapidement que prévu sur le mur où se trouvait l'interrupteur. Lorsqu'il appuya, il eut deux surprises.

La première fut que la pièce resta plongée dans
le noir. Nathanaël appuya de nouveau, puis il comprit que les plombs avaient sauté, et que cela, sans
doute, lui avait sauvé la vie.

La seconde fut que sa main sur l'interrupteur
restait comme un paquet inerte.

Nathanaël se souvint brusquement que son projet initial, ce qui lui avait arraché tant d'efforts pour
se mettre debout, était, justement, d'examiner ses
mains. De ce constat général il tira deux conclu-
sions : la première, qu'il avait perdu toute suite dans
les idées ; la seconde, que sa main paraissait décidé-
ment complètement insensible.

Il la pressa à nouveau sur l'interrupteur, en
essayant de maîtriser les mouvements de son bras.
Mais le poids exercé ne faisait qu'écraser un peu plus
le paquet de chair, les doigts n'opéraient pas les actions
programmées. Nathanaël éprouva l'autre main, sans
plus de succès. Il les frotta l'une contre l'autre, mais il
ne sentit rien, pas même le contact de la peau.

Alors, dansant toujours sa gigue d'envoûté, il
s'approcha par bonds de la fenêtre.

Les lampadaires étaient allumés. Nathanaël tres-
sautant se pencha sur ses mains, et constata froide-
ment qu'il n'en avait plus. Il observa que ce qu'il en
restait était noir, carbonisé, une espèce de bouillie

informe qui tressaillait faiblement en surface. Il tâta la chose du premier organe tâteur qu'il avait sous la main, c'est-à-dire son nez, et sentit que cela était mou, froid, enrobé d'une couche plus ferme qui devait être de la peau caramélisée par de la crème au beurre. Il comprit que l'odeur suffocante qui emplissait la pièce provenait de la sourde combustion de ses mains.

La gauche, par un réflexe malheureux, avait dû voler au secours de la droite, mais au lieu de l'arracher du circuit elle s'y était incorporée, fermant la boucle électrique comme un serpent constricteur autour du corps de sa victime.

Nathanaël se gratta mentalement la tête et songea qu'il allait vers les ennuis. Sa mère n'allait pas, mais pas du tout, apprécier. Il pensa téléphoner au troisième père, puis il écarta avec répugnance cette idée. Ses doigts ou ce qu'il en restait n'entreraient jamais dans les trous du cadran.

Un hoquet le prit. Noué au fond de sa gorge il y avait toujours le fou rire, qui lui tordait la tripe à en vomir. Nathanaël pouffa et lâcha la pression, le rire le dévasta, son corps s'écartela en danse de Saint-Guy, ce n'était pas drôle, ce n'était vraiment pas drôle du tout. Sa mère allait rentrer bientôt, et il fallait arranger tout ça très vite.

Nathanaël songea alors à sonner chez le voisin.

Il n'eut aucune difficulté à presser la sonnette, car son nez se trouvait juste à la bonne hauteur. Le voisin ouvrit au bout d'un temps. Sa tête hirsute dépassait d'un élégant pyjama.

« Le petit rigolo d'en face... » grommela-t-il.

Le petit rigolo voulut articuler une explication, mais tout ce qui sortit de sa bouche fut un son incongru proche du beuglement. En désespoir de cause Nathanaël opta pour une justification radicale de ses manières : il tendit les mains au voisin.

Celui-ci émit à son tour une sorte de gargouillis, vacilla dans son pyjama, et tomba raide sur le paillasson.

Nathanaël le tâta du bout du pied et vit qu'il ne pourrait rien en tirer de plus. Il préféra battre en retraite pour éviter de plus amples complications.

10. Mère Noël.

L'odeur de caramel et de charbon le reprit à la gorge sitôt rentré. Il voulut aérer mais s'arrêta devant la table renversée, sans plus savoir ce qu'il comptait faire. Il s'assit sur le tapis.

La nuit était d'un silence si strident qu'il se crut sourd, ayant déjà oublié la petite scène sur le palier et les diverses émissions sonores qui l'avaient agrémentée. Mais cette idée de surdité lui sortit si vite de la tête qu'il n'eut pas le temps de tester son ouïe. Il resta là, posé sur le tapis, laissant ses yeux glisser à la surface des ombres.

Un hurlement modulé, qui avait forme de son nom, le tira de son hébétude, se diffractant en échos infinis dans le silence étrangement résonant, étrangement consistant. Ce fut sa voix à lui qui répondit, étonnamment claire songea-t-il, comme échappée d'une autre gorge que la sienne, qui répondit « oui maman », et ces deux mots vibrèrent sans limite dans la pièce obscure, comme si on l'avait tapissée de gongs et de peaux tendues.

« Nathanaël, appelle une ambulance ! » reprit la voix qui l'avait nommé.

Nathanaël se mit debout en gémissant, essayant de faire la mise au point dans son champ de vision incohérent, désespérant d'apercevoir sa mère au milieu de tous ces ronds lumineux qui la cernaient. Tout ce qu'il put distinguer – et cela le fit pouffer à nouveau – fut que le voisin d'en face se laissait donner sans broncher des gifles qui lui déformaient la tête.

La longue silhouette noire de sa mère se déplia dans l'espace gigantesque, en un gros plan oblong il la vit relever une mèche défaite par l'émotion, la mèche tournoya en volutes vers les quatre extensions courbes de l'horizon. Nathanaël la sentit frôler sa propre peau, et il entendit, au bout de ses propres cheveux :

« Nathanaël, d'abord que fais-tu debout à cette heure-ci, appelle-moi donc une ambulance, tu ne vois pas que Monsieur Verjus n'est pas bien ? »

Nathanaël se reprit. Il respira à fond, courut vers le téléphone, bouscula quelques meubles au passage – et sa mère lui criait : « Pas d'affolement Nathanaël ! Pas d'affolement ! » – il hésita une seconde devant le téléphone, prit un stylo entre ses dents et réussit, les yeux pleins de merveilleuses paillettes d'or, à composer le 18 du bout de la plume.

Retombé sur le sol, il entendait vaguement sa mère pester contre les plombs, qui sautaient vraiment au plus mauvais moment, contre lui Nathanaël, qui n'était pas encore couché, contre le voisin, manquait plus que ça, et contre le troisième papa, en vrac. Et ces éclats vidés de sens prenaient dans le noir des couleurs fastueuses, des formes étincelantes qui explosaient en pyramides, en cristaux tournoyants, en étoiles gigantesques. Il y eut encore un cliquetis somptueux, et la lumière jaillit, épouvantable, accompagnée d'un cri en forme de vrille.

La mère demandait la raison de ce désordre.

Nathanaël jeta un regard trouble autour de lui, articula une explication, et pencha la tête rêveusement, attentif à ce son insolite, à sa voix prodigieusement lointaine et captivante.

« J'ai fait une bêtise », résonnait et résonnait et résonnait dans l'appartement.

« Nul besoin de me le faire remarquer », répondait l'écho.

« Oui, mais ce coup-ci elle est grosse », reprenaient en pétarades rouges les tambours des murs, les cymbales du plafond et la grosse caisse du plancher.

Nathanaël ferma les yeux et sentit une terrible migraine lui broyer l'occiput. Pour en finir, il choisit la solution radicale : il tendit les mains à sa mère.

11. Plusieurs pères Noël et beaucoup de cadeaux.

Les pompiers s'occupèrent d'abord de Monsieur Verjus, qui barrait le passage, et pensèrent au gaz, à un gâteau fatal, puisque dans l'odeur terrifiante ils trouvèrent un second corps inanimé, celui d'une femme élégante. Mais tout au fond de la pièce il y avait un petit garçon bien vivant qui cachait ses mains dans son dos d'un air ravi et apeuré.

C'était la première fois que les pompiers débarquaient dans le six-pièces rue du Bac, car la mère de Nathanaël ne jurait que par le SAMU. Elle trouvait les pompiers trop vulgaires, trop camion rouge et grande échelle. Les ambulances qui avaient ramassé Nathanaël à chacune de ses réalisations étaient discrètes et de bon ton, bleu et blanc, avec une petite sirène à trois notes ; les voisins s'inquiétaient avec tact, les blouses blanches des infirmiers les tenaient en respect. Nathanaël, les os brisés, la fibre congelée, voyait avec désolation ces antihéros l'embarquer, lui qui ne rêvait que d'écussons rouges sur de larges bras pour l'emmener, lui qui ne rêvait que d'essayer des casques avant de sombrer dans les blancs hôpitaux où rien, jamais, ne se passait qui eût un peu de couleur.

Nathanaël vit entrer les pompiers dans le salon très chic, et il ferma les yeux de félicité. Tout était rouge sous ses paupières closes. Il les rouvrait discrètement, voyait les lourdes bottes écraser la moquette. Il les fermait, et il entendait le crissement du cuir; il percevait dans l'air des mouvements décidés. À la fenêtre le mugissement écarlate lui épouvantait les oreilles mais lui enchantait le cœur.

Un soupir s'échappa de ses lèvres, il allait enfin pouvoir filer au gré des flots et se laisser emporter par le grand vent des vraies aventures. La période diplomatique était terminée.

Ce jour même, après dix ans de silence, la mère téléphona au premier et véritable papa, pour l'avertir de ce qui venait de se passer. Le premier et véritable habitait par-delà les mers. Il prit *illico* un bateau, et s'embarqua dans les alizés.

(1987)

JUERGEN, GENDRE IDÉAL

Ma mère m'appelle souvent sur mon portable, elle est à la retraite. C'est une fanfare bavaroise qui m'avertit de son appel. Je ne peux pas toujours lui répondre, mais en général je ne manque pas de la rappeler dans la journée. Je suis à Londres, à Los Angeles ou à Paris, pendant les défilés, ou en plein shooting, et ma mère me donne des nouvelles de son voisin, de son chat, ou de ses géraniums. Et au fond, j'aime bien ça.

Ma mère est veuve, je l'ai toujours connue veuve, je n'ai aucun souvenir de mon père. Elle n'a que moi, à part son chat. Elle supporte sans protester que je vive à Londres et que je sois, souvent, plus loin encore. Mais elle nous rend visite plusieurs fois par an, et nous connaissons par cœur les horaires du vol Londres-Munich-Londres. Par chance, elle s'entend bien avec mon mari, Juergen. Et, comme lui, elle accepte mes projets artistiques. Je pense qu'ils en parlent et qu'ils cherchent à comprendre ensemble, mais sans jamais s'en plaindre devant moi.

Je suis photographe, j'ai commencé dans la mode, et puis j'ai fait de plus en plus de portraits. J'aime les femmes enceintes, les fruits, les animaux, les grottes. Il faut que ce soit joyeux, et en même temps, je voudrais attraper le dessous des choses, je ne sais pas, leur fragilité. Je suis hyperconsciente que tous ces gens que je photographie vont mourir. Ça donne une sorte de patine mélancolique, pâle et verte, à mes images. Les gens qui les aiment aiment ça, justement, mais ces derniers temps je me suis demandé si cette patine n'était pas, plutôt, une sorte de glacis, une sorte de vitre que je n'arrivais pas à casser. Je voudrais aller au-delà, mais quelque chose me retient. Et parfois – c'est peut-être une idée saugrenue – je me dis que le Destin ou je ne sais quoi s'est trompé, et que c'est Juergen, qui aurait dû être photographe à ma place.

J'ai rencontré Juergen en Bavière, nous étions adolescents. Je faisais déjà de la photo, lui était surtout passionné de foot. Il dégageait une force, une drôlerie, même s'il n'a jamais très bien su à quoi les appliquer à part à un ballon et à des tournées de bière.

Ça nous a fait du bien à tous les deux, de quitter la Bavière. Dès le début, à Londres, j'ai gagné assez d'argent pour deux, et Juergen s'est occupé de nos enfants. Juergen a surtout un talent incroyable pour se faire des amis, pour leur changer les idées, pour que tout s'anime autour de lui. Il a aussi une incroyable mémoire pour ce qu'on lui raconte, et il sent toujours quand quelqu'un est triste ou ne va pas bien.

Quand la fanfare bavaroise a sonné dans mon sac alors que nous avions enfin réussi à prendre trois jours de vacances, et que ma mère m'a expliqué, en larmes, que son chat avait disparu, c'est Juergen qui a tenu à ce que nous prenions le premier avion pour Munich. Je sous-estime l'importance de ce chat pour ma mère, m'a-t-il dit. Elle vit seule, il est comme l'âme de son foyer. Il fallait aller la soutenir dans l'épreuve, l'aider à retrouver le chat. Juergen était très sérieux. Nous avons jonglé entre les avions et réussi à prolonger la garde de nos enfants, et nous voilà auprès de ma mère, dans son petit chalet à trente kilomètres de Munich. Tout ça pour constater, effectivement, que le chat n'y était pas. Ça faisait déjà trois jours qu'il avait disparu. Un mâle roux, rayé de blanc, très laid si je me souviens bien. « Les chats vagabondent, maman, tentais-je de relativiser. Il va revenir, tout crotté, quand il aura trop faim. »

Je n'arrivais pas à me passionner pour cette histoire de chat. Je faisais quelques photos autour de la maison, de petites fleurs hivernales, jaunes et presque sèches, des immortelles, de la mousse. Pour tout dire, j'étais mal à l'aise. Ma mère pleurait, et je ne l'avais vue pleurer que petite, quand mon père était mort. Ce sont des souvenirs très flous. J'avais trois ans. Je me souviens seulement de ça, des larmes de ma mère, comme si elle s'était déversée d'un coup pour ne plus jamais pleurer ensuite. Ma mère est une femme qui se tient. Il en faut, pour l'abattre. Elle a toujours essayé de m'élever sans faire peser sur moi son chagrin. Alors la voir pleurer pour un chat, ça m'était vraiment pénible.

Juergen, lui, écoutait ma mère et tentait de la rassurer. De fait, il ne lui disait rien de plus que ce que moi je lui disais, mais il le disait *efficacement*, je ne sais pas comment il s'y prend; et même, il parvenait à la faire rire. Son extrême attention aux autres m'exaspère parfois. D'ailleurs il ne s'agit pas vraiment d'attention, c'est moi qui confonds tout; c'est juste que quand il regarde quelqu'un, y compris ma mère, il semble décoller de sa place et se poser exactement où est l'autre, en oubliant son point de départ. Alors je l'admire, aussi. Et s'il veut prendre en charge les sanglots de ma mère, très bien. Je les contemplais tous les deux et j'avais l'impression que Juergen avait des mains, des yeux, une bouche, faits autrement que les miens, et qu'il réussissait à passer à travers cette cloche de verre que je vois, moi, autour de chaque être humain.

C'est cette espèce de frontière que je cherche à percer avec mes projets artistiques. Juergen me dit que c'est idiot de séparer mon travail et mes projets artistiques, il dit que justement, il ne devrait pas y avoir de frontière entre les deux. Je ne sais pas. Je cherche à aller vers l'autre, c'est tout ce que je sais, et est-ce que je peux vraiment faire ça en photographiant des chaussures? Tu ne photographies pas des chaussures, me dit Juergen, tu photographies des gens chaussés. Bref. À une certaine époque j'ai commencé à me prendre moi-même en photo, mais je voyais partout la cloche de verre. Je la voyais en prenant la photo et je la voyais en regardant la photo. Je la voyais autour de moi et je voyais ses reflets sur moi. Passer à travers, ça devenait une obsession. Alors je me suis photographiée nue. Au début, ces autoportraits ont eu beaucoup de succès. Mais même nue, la peau faisait barrage, et mon regard aussi : j'avais toujours l'impression, en regardant la photo, que mes yeux étaient voilés, comme recouverts d'une cataracte, ou flous, comme ceux d'un zombie. J'ai commencé à photographier des parties de mon corps en évitant le visage, et j'ai compris qu'il fallait que j'aille vers les orifices, vers l'intérieur du corps. Il y a eu des protestations, on criait à l'obscénité. Je faisais des diptyques, avec d'un côté mon sexe, périnée, anus, et de l'autre des formations rocheuses au fond des grottes, des clitoris de calcaire, des vulves en plis rocheux luisants d'humidité.

Juergen et ma mère supportaient ça courageusement, mais on parlait de photo trash, de féminisme mal compris, et toujours, de pornographie. Je ne comprenais pas ce qu'il y avait de pornographique là-dedans. C'était un travail sur moi. Si je parvenais à aller vers moi, j'irais enfin vers les autres. Au lieu d'être une voleuse d'âme, la photographie deviendrait une offrande. Pourquoi est-ce que l'autre se dévoilerait si moi, je me retenais ? Je voulais proposer un échange – tout donner, tout montrer, pour oser demander à l'autre de m'offrir son visage. Alors la cloche de verre serait crevée.

Juergen, lui, me reprochait mon esthétisme. Et il avait raison. C'est ça, qui me minait. « Pourquoi des diptyques ? me demandait-il. Si tu veux photographier ta chatte, fais-le, si tu vois des clitoris dans la roche, prends-les, mais ne justifie pas l'un par l'autre. Montre, c'est tout. Tu n'as à t'excuser de rien. » Et je me disais, une fois de plus, que c'est Juergen, qui aurait dû faire être photographe à ma place. Cet homme inemployé. Ce talent-là.

À cette époque-là, j'ai convaincu Dirk Bogarde de faire une série de photos avec moi. J'aime sa classe énigmatique, et la tristesse au fond de son regard. Dirk, qui connaissait mes photos et les aimait, m'a dit qu'il était d'accord pour tout, sauf le nu. Nous avons improvisé dans une suite de grand hôtel, meublée genre Louis XV. J'ai fait le clown à poil, Dirk me câlinait, me maternait, impeccablement digne et élégant dans un peignoir de soie. Il me semble qu'il y a dans toute la série une photo vraiment saisissante : Dirk est au piano, hiératique, le regard au loin, et moi je suis sur le piano, et j'écarte mes fesses à deux mains. Juergen trouve cette photo très forte, mais je me demande s'il me dit ça par gentillesse. En visionnant cette série, que j'ai intitulée « Pompadour », j'ai commencé à avoir mes premiers doutes : étais-je vraiment la seule à trouver ces photos comiques ? Pourquoi parlait-on de trash et de pornographie ? Avais-je le pouvoir d'abolir les habitudes, les clichés sur les femmes ? Si Juergen, par exemple, avait fait le clown devant l'objectif, fesses en l'air et doigt sur le déclencheur avec une femme iconique au piano, aurait-on dit de lui ce qu'on disait de moi, qu'il perdait sa dignité ? Les hommes qui rient d'eux sont irrésistibles, et Juergen a ce talent. Moi, quand je ris de moi, les autres sont dégoûtés, est-ce parce que je suis une femme ou parce que je suis une mauvaise photographe ? Après cette série, la cloche de verre m'a paru prendre encore plus d'épaisseur, et les visages autour de moi, même les plus familiers, devenaient flous.

Le chat ne revenait toujours pas. Juergen a scanné sa photo, l'a reproduite à deux cents exemplaires, et nous avons collé des avis de recherche un peu partout dans la région, jusqu'à Munich. On dit que les chats peuvent parcourir des centaines de kilomètres, et revenir des mois plus tard. C'est ce que je serinais à ma mère. Dans tous les cas, il fallait que

nous rentrions à Londres. Les enfants nous attendaient, et j'avais du travail.

« Passe au moins dire bonjour à ton père », dit
ma mère, et pour lui faire plaisir, dans l'état où elle
était, nous sommes allés déposer un chrysanthème
sur sa tombe. J'ai pris des photos des moisissures sur
le marbre, et des lichens sur les murs alentour. Je
suis dans une période de gris, de jaune et de brun.
Quelqu'un avait écrit « LIEBE » sur un mur, comme
s'il avait trempé son doigt dans du sang ou de la
merde, de la boue peut-être, et j'ai pris une photo
aussi. Si je parvenais, peut-être, à être plus sentimen-
tale, à lâcher quelque chose, je toucherais à l'amour
brut, je ne sais pas. J'espère toujours que mes images
parleront pour moi, me diront des choses que
j'ignore. Juergen ferait, j'en suis sûre, un photographe formidablement romantique, d'un roman-
tisme aussi fort, aussi puissant que celui de Goethe
ou Schiller, mais moderne, ultracontemporain. En
tout cas c'est ce à quoi j'aimerais atteindre, moi.

« Ta maladie, c'est le mariage » me dit souvent
ma mère – elle peut parler, avec son veuvage. « Tu
crois toujours que Juergen ferait tout mieux que toi,
c'est ça qui te bloque. Libère-toi, ma fille ! » Voilà ce
que me dit ma mère, qui pourtant adore Juergen. Je
ne vois pas comment je pourrais me libérer mieux
qu'en montrant tout ce que je montre. Mais ça n'a
rien à voir, paraît-il. Tout le monde a un avis sur mes

photos, tout le temps, et ça me tracasse. J'aimerais faire des photos qui leur clouent le bec, à tous.

J'aurais mieux fait de me concentrer sur cette histoire de chat. Voilà qui lui aurait vraiment cloué le bec, à ma mère, que je lui ramène son chat. Et ça nous aurait évité tout ce qui a suivi. À peine étions-nous rentrés à Londres, fanfare bavaroise : ma mère a retrouvé son chat. Mort, à deux pas de la maison, écrasé au bord de la route. À nouveau les larmes. Je reprends un avion, un saut pour la journée. Ma mère a enveloppé le chat dans un petit drap blanc, et l'a posé dans son panier en attendant. « En attendant quoi ? » je demande. Qu'on prenne une décision. « Poubelle », je propose, et je regrette tout de suite ma cruauté : ma mère sanglote. « On peut l'enterrer dans le jardin », dis-je. Je me vois déjà armée d'une pioche, par – 10 °C, dans cet hiver glacial de mon enfance munichoise, à m'attaquer à la terre dure, rageusement.

« On pourrait l'empailler » renifle ma mère. Je sais à quoi elle pense : son voisin est taxidermiste, et je me suis souvent demandé s'il n'y avait pas eu quelque chose entre eux, ou si ma mère, au minimum, n'y avait pas songé. Mais le voisin est formel : pas plus de trois jours, la dépouille, et là ça fait dans les dix jours, inutile d'y songer. Le chat n'est pas si mal conservé, grâce au froid, mais il est tout plat, avec une trace de pneu sur son pelage rêche, et il ne reste plus grand-chose de son museau. On ne va pas garder ça ici, en tout cas. Et ma mère est contre l'incinération. C'est du moins ce que je crois comprendre. Les heures se passent à la regarder retenir ses larmes ou marmonner pour elle-même.

C'est Juergen, au téléphone, qui trouve l'idée : un cimetière pour animaux. Je prolonge mon séjour. Nous prenons le café chez le voisin taxidermiste, il a Internet, il cherche des renseignements. Il a chez lui quelques belles pièces, dont un ours brun debout, les pattes en l'air, comme une grosse bête somnambule qui me poursuivrait dans un cauchemar.

Je me demande ce que je fiche là, au lieu d'être à Londres. Mais c'est comme si mon centre de gravitation s'était déplacé d'Ouest en Est, comme si un poids ancien m'avait rattrapée et finalement arrêtée en pleine course, ici, à trente kilomètres au Nord de Munich, dans le lotissement où vit ma mère. Où vont les morts quand ils sont morts ? Ils vont ici, dans ce lotissement, et ils prennent le café chez le voisin de ma mère. Et le voisin lui-même est mort, aussi mort que l'ours, et il l'ignore, comme les passants qui lorgnent à travers les rideaux. J'ai plus violemment que jamais l'impression de tout voir, comme eux, à travers une vitre. La tête de ma mère repose sur le napperon qui orne le dossier du canapé fleuri. Sur le rebord de la fenêtre, des biches en porcelaine entourent une plante grasse qui ressemble à une algue. Il me semble que nous sommes sous la mer, à attendre je ne sais quoi, que le passé resurgisse, que nous soyons jugés sur place et exécutés. Cette torpeur m'est familière, et ces objets arrêtés dans le temps : les années soixante-dix de mon enfance, le silence, les meubles rustiques mais moelleux, décorés, en bois verni. Et tout semble étrange et lointain, je suis chez moi mais une sorte de terreur sourde habite les objets, une tristesse frénétique, et je me dis que je me suis trompée : je ne devrais pas être photographe, je devrais rester ici, aux alentours de Munich, ex-RFA, à me balader de bled en bled dans une fête foraine, à tenir un stand de tir où l'on gagne des peluches et des biches en porcelaine. Ce serait plus cohérent, oui, plus logique... Je crois reconnaître les gens à la fenêtre, je salue vaguement de la tête, et les reflets de ma mère, du voisin et de l'ours, se superposent à d'autres visages sur la vitre.

« Tu as la tête ailleurs » me reproche ma mère. Et puis c'est elle qui se remet à marmonner. Nous prenons congé. Pour les formalités, tout se règle par téléphone. Il faut acheter un petit cercueil à la taille du chat. Je passe commande après avoir mesuré le cadavre. Le voisin nous l'aurait bien fabriqué dans son atelier mais l'achat du cercueil est obligatoire. Au téléphone ils ne disent pas « cercueil », ils disent « réceptacle mortuaire », pour ne pas froisser les sensibilités j'imagine : on a beau vouloir enterrer son chat, on peut faire la différence entre l'humain et l'animal, et puis nous sommes en terre catholique, ici. Je n'ai jamais envisagé ma mère comme une mère à chat mais je trouve qu'elle a changé ces derniers temps, ou peut-être vieilli tout simplement. Sur sa demande j'ai aussi commandé une dalle à un marbrier, et une plaque au nom du chat.

Juergen et les enfants sont venus pour le week-end, au point où on en était. Je ne tenais pas à la présence des enfants mais c'était plus pratique comme ça, et peut-être changeraient-ils les idées de leur grand-mère ; toujours est-il que c'est en famille que nous avons enterré le chat. Je n'avais jamais mis les pieds dans un cimetière pour animaux, et après les précautions oratoires de l'employé, au téléphone, je m'attendais à plus sobre : mais la décoration est laissée à la discrétion des familles, et il y a autant de croix, angelots, plaques de souvenir et couronnes que dans les cimetières d'humains. Simplement, tout est plus petit. Les tombes se succèdent rapidement, par rangées d'espèces : chiens, chats, rongeurs ou oiseaux. Il y a des monuments et mêmes des caveaux, mais à la dimension de maisons de poupées ; sauf dans le secteur « chiens » où les tombes sont presque aussi grandes que celles des humains, pour des espèces volumineuses comme les danois ou les bergers allemands.

Ma mère a fait un discours très bref : je lui avais demandé de faire sobre, par respect pour les enfants.

Les animaux ont-ils une âme ? Nous nous serions disputées si Juergen n'avait pas été là. Il a vissé la plaque portant le nom du chat et ses dates, avec une estimation à trois jours près pour celle de sa mort. Ma mère a planté un buis et un petit rosier. Et nous en avons fini.

Tout ça m'a mise extrêmement mal à l'aise et j'ai retrouvé Londres avec soulagement, la normalité de Londres, son rythme, son activité, la routine des enfants et la matérialité de nos vies. Rien pendant trois jours, comme si ma mère avait senti que j'avais eu ma dose. Et puis, fanfare bavaroise : le chat était revenu.

Ma mère ne dit pas « ressuscité ». Mais elle le pense si fort que Juergen et moi décidons qu'il faut prendre les devants et aller la chercher : c'est la tête, l'âge, la solitude. Nous la prendrons chez nous quelque temps, et nous aviserons. Faudra-t-il la placer quelque part ? Ma mère et moi, nous sommes encore très jeunes. Devoir penser si tôt à un tel avenir me bouleverse.

Mais le week-end suivant, chez ma mère, nous ne pouvons que constater que le chat est revenu. Il est peut-être un peu plus maigre, mais c'est lui, il a retrouvé sa pâtée, son panier, et ses habitudes sur le rebord de la fenêtre. Nous avons enterré le mauvais chat.

« Maman, tu as ramassé une charogne au bord de la route. On l'a pris pour ton chat mais ce n'était pas ton chat. C'était une crevure tout écrasée. » À deux mille euros la concession, le cercueil, la dalle en marbre et la plaque, il y a de quoi l'avoir mauvaise. Mais ma mère est émerveillée. Silencieusement, elle rend grâce. Je le vois à son visage large et pâle, ravi. Elle marmonne en contemplant le chat, elle ose à peine le toucher. « Il suffit de prier » chuchote-t-elle. Elle le dit sur le ton de la révélation. J'ai toujours connu ma mère athée, et plutôt anticléricale, et la voilà qui vire cul-bénit pour une histoire de chat.

On n'enferme pas les gens pour si peu, modère Juergen. Il la trouve bien, ma mère. Elle a retrouvé son chat, et le voisin semble lui tenir compagnie : nous voilà *back to London*.

La vie a repris un cours normal pendant un certain temps. La seule chose qui avait changé, c'est le rythme des appels de ma mère. Une fois par semaine seulement, et pour parler de rien, pour me donner des nouvelles de la météo. Au début je ne m'en suis pas souciée. C'était plutôt un soulagement. Je n'osais demander des nouvelles ni du chat, ni du voisin. Je n'avais pas envie, même par téléphone, de retrouver l'atmosphère du lotissement, l'ours, les visages flous, les formes étranges des moisissures sur les murs. Les photos des lichens et des mousses, les photos de cet hiver-là, je les regarde en éprouvant une immense mélancolie; et au bout d'un moment je suis obligée de fermer les yeux, j'ai l'impression que ces murs et ce gel recouvrent un silence innommable, quelque chose qui me donne envie de hurler, de maudire tout ce qui me ramène à mon père, à ma mère, et aux lotissements bavarois.

Un soir, comme innocemment, ma mère m'a appelée pour m'annoncer que la concession du caveau de mon père arrivait à expiration. J'ignorais tout de ces détails; cela faisait trente-cinq ans exactement, et passé ce délai, il fallait racheter la concession ou procéder à la réduction des cendres.
– À la quoi?
– À la réduction des cendres. Il faut vider la tombe et recueillir les restes dans une urne, il y a des professionnels pour ça.
Au ton de sa voix, je sentis qu'elle avait déjà tout organisé; elle en parlait comme s'il s'agissait de changer le tambour d'une machine à laver. Tout ce qui touche à mon père, d'un accord tacite, appartient à ma mère, alors je l'ai laissée faire.

Ensuite, plus de nouvelles. Son téléphone était toujours sur messagerie. J'en venais à guetter la fanfare bavaroise, et à l'entendre à tous moments, dans les jeux des enfants, dans le bruit de la rue, dans d'autres sonneries de la vie londonienne, de la vie normale, de ma vie choisie.

J'ignorais qu'il existe un délit de violation de sépulture dans le cas des cimetières d'animaux. Ma mère a été prise en train de saccager la tombe du chat, la tombe de la charogne. C'est le voisin taxidermiste qui me l'a dit quand je l'ai contacté, inquiète de son long silence. Elle avait organisé une expédition nocturne avec tout un matériel, pelle, pioche, lampe de poche. Parmi les objets qu'on a saisis sur elle, il y avait aussi l'urne contenant les restes de mon père. Dans ce qu'on a pu comprendre de sa déposition, il semble qu'elle ait voulu la mettre dans la petite tombe, à la place du chat. Depuis qu'elle avait fait procéder à la réduction des cendres, elle n'allait plus jamais voir le voisin. Quand lui passait la voir, il la trouvait assise à marmonner avec, paraît-il, l'urne sur les genoux.

J'ai été obligée de placer ma mère en clinique, près de Londres, pour qu'elle se repose. J'ai voulu lui confisquer l'urne ; mais Juergen s'y est opposé. « Où va-t-on mettre ça ? m'a-t-il demandé. Sur la cheminée ? » Moi qui croyais m'y connaître en morts, j'avais sous-estimé l'encombrement de leur présence.

Toujours est-il que ma mère est restée avec l'urne, d'abord dans sa clinique de Londres, puis à nouveau chez elle, quand elle a pu rentrer en Bavière. Chez nous, en Bavière, tous les jolis objets sont sur les rebords de fenêtre ; et l'urne y trônait, comme si mon père avait eu besoin de la vue. Le chat lui tenait compagnie. Et l'idée de ma mère, ce cimetière pour animaux, ne l'a pas quittée. Ma mère ne tient jamais un échec pour définitif. Elle ne s'avouera jamais vaincue, ni guérie si on prend les critères de la clinique.

Je me rends en Bavière tous les quinze jours, depuis son séjour en clinique. Le week-end dernier, l'urne n'était plus sur le rebord de la fenêtre, mais il y avait un homme de l'âge de ma mère assis à côté d'elle sur le canapé. Elle me l'a présenté comme mon père. Il avait vieilli, mais je l'ai reconnu, d'un coup, comme un voile se déchire. Je mettais enfin un visage sur tous ces visages flous. Et c'était fou comme il ressemblait à Juergen.

(2006)

On ne se brode pas tous les jours les jambes

On ne se brode pas tous les jours les jambes. C'est quand même une grande affaire. Il faut avoir une occasion spéciale. Or, cette année-là, je mariais ma sœur. Et de fil en aiguille, si j'ose dire, c'est à ce mariage que j'ai rencontré mon mari.

J'avais essayé quantité de robes, pour faire la demoiselle d'honneur, mais la plus jolie était si courte qu'il fallait tout de même habiller un peu les jambes. Les broderies de jambes, c'est frais, c'est estival – le mariage était fixé pour le 10 juillet.

Mais je ne savais pas à qui m'adresser. Il existe bien des officines spécialisées, les mêmes où on vous les épile, les jambes, où on vous fait le « maillot » et les aisselles. Mais les quelques amies qui s'y sont fait broder n'ont jamais été contentes du résultat. Le fil est grossier, le motif vulgaire, les couleurs *flashy*.

Je me suis demandé si ma mère ou ma grand-mère pouvaient me rendre ce service.

Les femmes, dans ma famille, sont douées pour les broderies de peau. C'est chez nous une sorte de tradition, mais qui garde aussi une connotation archaïque. Ma grand-mère et mon arrière-grand-mère ont commencé par des alphabets, à l'école. C'est comme ça qu'on leur apprenait à écrire, aux filles, dans l'ancien temps. On leur enfonçait le français dans le crâne, avec interdiction de parler la vieille langue. Elles prenaient des mues d'anguille ou de lézard, pour s'entraîner, et elles brodaient, *A*, *B*, *C*, *D*, jusqu'à savoir écrire leur propre nom. J'ai fait encadrer plusieurs de ces alphabets, ils sont dans mon bureau. J'écris sous leur patronage. Les mues se sont un peu desséchées, mais il y a des moyens, maintenant, pour en prolonger la tenue. Et les fils sont restés impeccables, d'un beau rouge d'origine.

Mon arrière-grand-mère est morte, ça va sans dire. On vit vieille dans la famille, mais quand même. C'était une coquette, paraît-il, du genre à se broder des jarretières sous ses robes longues. On a oublié qu'à l'époque, dévoiler sa cheville était érotique. Ça l'aurait sûrement amusée de me broder les jambes, et que j'apparaisse ainsi sur les photos du mariage. Elle admirait la finesse de mes articulations, quand j'étais petite. Elle disait qu'à côté de moi toutes les filles (ma sœur comprise) avaient de gros poteaux.

114

Ma grand-mère est toujours en vie, mais je ne me voyais pas lui demander ce service, surtout pour le mariage de son autre petite-fille. Ma grand-mère ne se brode plus que les mains, comme font les vieilles provinciales, et toujours du même motif, un cachemire discret d'une couleur unie, brun-rouge. Après que j'ai eu mes premières mues, quand ma mère m'a permis de me faire broder les oreilles et de me maquiller un peu, elle a été choquée, ma grand-mère. Il faut dire que j'étais très jeune.

Reste ma mère, donc. Elle aussi a fait de nombreux alphabets, petite. Mais ça m'aurait gênée, qu'elle me touche d'aussi près. Est-ce qu'on demande à sa mère une épilation, par exemple ? Et puis ma mère sous-estime totalement le *come-back* de la broderie. Elle est du genre à confondre broderie et scarification, *piercing* et mutilation. Elle, elle ne se brode plus depuis longtemps, comme toutes les femmes des années soixante-dix. Pourtant elle est adroite.

Quand j'ai eu mes premières mues, ma mère n'a plus rien voulu savoir de mon corps. Je me suis débrouillée toute seule, et elle m'a fichu la paix. Ma sœur était déjà grande, je pouvais toujours voir avec elle pour les détails, l'hygiène, etc. À partir de ce moment-là ma mère a semblé considérer que nous étions des étrangères à domicile. Elle devait déjà sentir que ses mues à elle ne dureraient pas toujours.

J'ai mué très tôt. Je n'étais pas au courant de ce qui allait se passer. La peau a commencé à se décoller sur le devant de la poitrine, dès le deuxième jour je pouvais glisser ma main entière par-dessous. J'avais à peine deux petits bourgeons de seins, mais déjà je muais. On était en septembre, à la rentrée des classes, il faisait très chaud et je me couvrais d'un col roulé. Quand mes cuisses ont mué, en commençant à l'aine et tout autour du sexe, que j'avais encore quasiment sans poils, j'ai pu me cacher sous un jean. Mais ensuite mes mains ont mué. Sous mon bureau, en classe, je décollais les lambeaux, je tirais dessus le plus loin possible pour qu'on en finisse, jusqu'à me faire saigner. Ensuite, je ne savais pas quoi faire des lambeaux. Je les roulais entre mes doigts. Je n'écoutais rien en cours. Je ne pensais qu'à ça. J'étais terrifiée à l'idée que mon visage mue aussi, je manquais pathétiquement d'informations. Je regardais les profs, les profs femmes, et je me demandais : est-ce que celle-ci mue aussi, en ce moment ? Est-ce qu'on a toutes ça ? C'est ma sœur qui a fini par me montrer, pour les conseils pratiques. Et puis naturellement, au bout de quelques jours la mue a fini par s'arrêter.

Je me suis mise à observer autour de moi. Les éruptions de poils sur le corps des garçons, les décollements de peau sur les filles. J'étais stupéfaite que certains et certaines se plaisent à exhiber leur métamorphose. Une des filles les plus délurées a brodé un cœur sur son bras, avec les jeunes poils de son petit ami. Elle s'est fait exclure deux jours avec interdiction de reparaître ainsi, mais c'était une héroïne à mes yeux. Moi, je continuais à cacher mes mues, chaque mois c'était une épreuve. Le fond de mon ventre s'était mis à muer aussi, naturellement, et c'était douloureux, comme cela arrive souvent chez les très jeunes filles ; le sang qui accompagnait ces lambeaux-là me dégoûtait et j'ai mis des années, par la suite, à accepter de faire l'amour pendant mes mues.

Autant dire que j'avais bien calculé le jour, pour me faire broder les jambes, et que les fils allaient tenir sans problème pour le mariage de ma sœur. Ce n'est jamais joli, la peau qui mue autour d'une broderie, même si les fils plongent assez profond pour résister plusieurs mois. Je trouve que ça fait sale. Maintenant que les broderies sont revenues à la mode, je trouve ça particulièrement beau sur les femmes enceintes, parce que bien évidemment il n'y a pas ce problème de pelures autour des fils.

Ma sœur se marie parce qu'elle est enceinte. Je ne veux pas réduire son histoire à ça, mais disons que ça lui fournit l'occasion. Elle s'est fait faire une magnifique broderie sur le ventre, avec des fils élastiques qui s'écartent à mesure que l'enfant grossit. Elle a choisi une couleur et un motif traditionnels, en hommage à notre arrière-grand-mère. Un beau rouge foncé, et une feuille rosacée dont la pointe monte entre ses seins. Sa robe blanche est taillée dans une matière translucide, comme on fait aujourd'hui, pour voir la broderie en transparence. Ma sœur se fiche éperdument de l'avis de ma mère ou de ma grand-mère. J'admire sa force. Évidemment, quand on a les moyens d'aller chez un grand couturier pour se faire broder, pourquoi hésiter ? Sa meilleure amie, qui sera son témoin, va paraît-il se faire broder le cou et les seins, carrément, en forme de parure végétale, en coton perlé et fils d'or.

Puisque je ne peux pas me résoudre aux officines de quartier, j'ai fini par me dire : pourquoi ne pas essayer moi-même ?

Je me suis donc entraînée, comme au bon vieux temps, sur de la mue de porc. J'en ai acheté chez le charcutier. J'ai dessiné les motifs au crayon, et je me suis lancée. Au bout de quelques jours j'ai réussi à obtenir exactement ce que je voulais. Un cachemire d'inspiration traditionnelle, mais dans un camaïeu de rose, mauve, pourpre, ivoire et anis.

La principale difficulté, quand on est brodeuse amateur comme moi, c'est de ne pas trop serrer le fil. On a tendance à trop serrer, alors qu'il faut laisser du jeu au mouvement des muscles ; sinon ça bride, c'est inconfortable, et ça fait des plis disgracieux. Il faisait très chaud, en ce début de juillet, et le soir, quand je rentrais du travail, je me déshabillais avec délices, je m'asseyais sur le tapis et je brodais tranquillement dans la dernière lumière du jour. Les soirées sont longues, en juillet, et je ne sentais plus peser la solitude. J'ai fini les deux jambes une semaine avant la date du mariage, exactement comme il fallait : les hématomes autour des points ont pu dégonfler et cicatriser, et le matin de la cérémonie mes jambes étaient bien lisses, avec à peine quelques piqûres encore un peu visibles. La broderie était du plus bel effet.

J'ai pourtant des cycles très réguliers. Mais il a fallu que mes mues tombent le jour du mariage de ma sœur, alors que j'avais tout bien calculé ! À peine avait-elle dit « oui » que ma peau a commencé à se détacher ; en commençant autour des broderies, comme par un fait exprès. C'est allé très vite, j'ai juste eu le temps d'emprunter un gant de crin à une copine pour aller me frotter aux toilettes. La mue était tellement intense qu'il fallait que j'y retourne toutes les deux heures, alors que normalement, une bonne friction le matin et je tiens toute la journée. J'en aurais pleuré. Du coup ma robe courte devenait ridicule, mes jambes étaient rouges d'être tant frottées, et la broderie filait par endroits. Je vous passe les détails.

Les mariages, on le sait, sont l'occasion d'autres mariages. Je ne sais pas si ce sont vraiment mes broderies, qui ont attiré l'œil de celui qui est devenu mon mari. Je sais que ce qui m'a conquise, chez cet homme-là, c'était précisément le regard qu'il portait sur ma peau. Je ne parle pas du moment où il m'a invitée à danser, et où très vite, mêlant ses jambes aux miennes, il m'a dit qu'elles étaient jolies, mes jambes, et que ces broderies m'allaient bien. Non, je parle du moment où, m'embrassant derrière la grange, il a glissé sa main dans mon dos. Avant que j'aie eu le temps de réagir, je sentais déjà la peau se soulever sur mes épaules. J'étais horriblement gênée, mais il avançait, il avançait, et je sentais sa main glisser de plus en plus loin vers mes reins... Et c'était bon, c'était très bon... Ma peau neuve dessous avait la finesse d'une muqueuse, et ses doigts me mettaient les sangs à vif... « Vous êtes douce... très douce... » murmurait-il. J'ai cru bon de m'excuser : « J'ai mes mues », ai-je articulé. Il a ri : « Je sens bien que vous avez vos mues. » Entendre une voix d'homme nommer aussi simplement les choses, j'en étais bouleversée. « Et ça ne vous dégoûte pas ? » ai-je murmuré. Il s'est reculé d'un pas, j'ai eu peur qu'il s'en aille. Il a pris ma nuque entre ses mains et il a approché son visage du mien. « Vous êtes une femme », il a dit, « vous êtes une femme et j'ai envie de vous ».

(2003)

SIMULATRIX

Elle me plaisait. Nous avons quitté la fête ensemble, et c'est elle qui a voulu entrer dans ce bistrot encore ouvert. Au début je ne l'écoutais pas, je regardais ses seins : l'invraisemblable décalage entre ses seins, gros, ronds et fermes, et le reste de son corps, efflanqué et sans âge. Ça m'excitait, ce corps discontinu. J'avais envie de les toucher, de les peser, de jouer avec la pointe comme avec un interrupteur ; de vérifier, en quelque sorte ; ou de la faire taire. Et elle, elle parlait ; peut-être parce qu'elle savait que j'écrivais.

On était dans la zone des confidences. Il y a des gens qui, pour vous séduire, se croient obligés de vous parler de leurs amants. Et si vous êtes écrivain, ils se figurent qu'ils vont être dans votre prochain livre, ou je ne sais quel malentendu : que vous comprenez l'âme humaine, que vous êtes psy à votre

123

façon... Il est d'ailleurs possible qu'à mon insu mes antennes à confidence aient surgi de ma tête ; et qu'une langue bifide siffle hors de ma bouche : « *raconte-moi... Comment fais-tu, toi ? Comment te débrouilles-tu ?* » À mon sens, ça n'a rien à voir avec le fait d'écrire. Curiosité pure. Pur instinct de collection, ou démon de la comparaison. Disons-le, après tout : j'aime bien l'espèce humaine. Je m'assoupissais comme un boa, aussi. Je sentais mes paupières tomber. Par politesse, dans ces cas-là, si le but est de coucher, il faut bien rester réveillé. Et elle y allait de la liste de ses conquêtes...

Je demandai l'addition, mais elle redemanda du whisky. Elle s'y connaissait, en whisky, en tout cas elle voulait le faire savoir : les *single malt*, les tourbés, les iodés, les îles Macmachin... Elle me tendit son verre pour que je goûte. Le mouvement que je fis me rapprocha, non pas tant de ses seins, déjà bien admirés, que de la grosse bague qu'elle portait à l'index. Je l'avais prise pour une spirale argentée, mais c'était en fait une sorte de labyrinthe circulaire, finement ciselé dans le métal. « Un homme que j'ai passionnément aimé me l'a offerte », me dit-elle. On n'en sortait pas.

La bague était la clé de ce simple secret : tout en elle était fait d'ajouts. Tel homme lui avait donné la bague, tel autre le goût du whisky, de ceci, de cela, du jazz, de la cornemuse, de la course à pied, du végétarisme, des enfants, de la sodomie. Son corps avait été modelé par tel type de caresses, tel type de plaisirs ou de chagrins, de sport ou de chirurgie. Elle était typifiée, voilà. Il fallait remonter très loin, certainement, pour trouver quelque chose qui ressemble à un début, à un début d'elle, seule, non formée encore, peut-être totalement vide.

Je manquais d'énergie pour entendre son grand récit des origines. Son front penché vers moi était étonnamment lisse ; au-dessus d'un visage qui commençait, sans laideur, à se casser la gueule. Je cherchais les traces du lifting. De la même façon, si je la tenais enfin nue entre mes pattes, j'allais chercher les cicatrices sous ses seins... Je me secouais, me forçais à l'écouter encore. Et je me promettais : « Dans une demi-heure, si rien ne se précise, je pars. »

Je ne sais pas draguer. Fierté mal placée, lâcheté, tout ce que vous voudrez : il faut qu'on me saute dessus. D'où mon impatience, souvent. Et mes nombreux ratages. Et puis subitement, ça a commencé à devenir intéressant. Je ne sais pas exactement à quel moment. Elle avait cessé d'ajouter des mots aux mots ; ils ne s'égaraient plus, éparpillés et flottants. Enfuis, les offreurs de bague et les amateurs de whisky. Mon cerveau s'était vidé de ma personne : je l'écoutais. Je me taisais jusque dans ma tête. Mon cerveau s'était mis à aspirer ses mots et j'étais dans cette absence délicieuse, quand on est tout occupé de l'autre, ou de sa propre pensée, ou de l'écriture, ou de la jouissance : c'est pareil. Parfois aussi quand je nage, à la piscine, ça me fait le même effet. Mais passons.

Elle me racontait, ou plutôt ne me racontait pas, sa « première fois », comme on dit, ce moment où techniquement on s'avise qu'on a perdu son pucelage. Ce n'était pas tant sa première fois, qui m'intéressait – même si la curiosité y trouve toujours à grappiller – c'était plutôt la façon dont elle esquivait ce qu'elle voulait me dire, se bardant dans la rhétorique de l'intime : « c'est un souvenir trop précieux ». Cette si commune transparence de soi prétendait trouver là une limite.

Ce qui était trop intime, visiblement, c'était ce qu'elle en éprouvait encore, de ce souvenir. Le fait que ça avait été « bien ». Dès le début : « bien ». Je n'arrivais pas à lui faire dire sur quoi portait cet adjectif, ou cet adverbe. Le plaisir ? L'excitation ? La satisfaction narcissique ? La dose d'amour ? Le cadre, la météo ? La rapidité ou la lenteur de la chose ? J'obtins seulement pour information que « d'où elle venait », les séances de dépucelage tournaient souvent à la boucherie. Personne ne savait s'y prendre, forcément, mais ça s'expédiait vite et surtout ça se racontait. Ça s'expédiait vite justement pour se raconter, des deux côtés communément sexués – mais, d'après elle, surtout chez les filles. Les récits pleins de sang, elle les connaissait bien. Les jeunes vagins saccagés. Les bourriques d'adolescents qui mettaient toute leur candeur à ruiner celle de l'autre à coups de reins. Je rapporte ici ses termes.

Bon, mais « c'était bien » ?

« C'est long à raconter, me dit-elle. J'ai besoin de vous expliquer des choses, avant. »

Elle est devenue mon amie, très vite. Appelons-la Chloé.

C'était le tout début des années quatre-vingt. Les magazines féminins auxquels était abonnée sa mère, et qu'elle lisait en cachette, revenaient avec une régularité hypnotique sur le thème de la frigidité. Il n'était pas difficile d'en conclure que toutes les femmes étaient frigides ; par syllogisme, qu'elle l'était donc. Et que sa mère, qu'elle entendait crier dans la chambre conjugale, faisait semblant. C.Q.F.D.

Elle avait quinze ans, et ces lectures qu'elle croyait instructives lui interdirent vite de voir en ses parents un couple heureux. L'insupportable finesse des cloisons, dans les nouveaux lotissements, faisait s'effondrer, aussi, les souhaitables barrières de la pudeur. En face, chez les garçons, il s'agissait de faire sauter la capsule, de crever le bouchon, d'élargir le trou. Les phrases passaient de main en main et fermaient leur cercle.

Dans les dossiers « frigidité », on apprenait, par exemple, qu'il fallait se détendre. Qu'il fallait visualiser une chose qui fait plaisir, la mer, une fleur, une île sous le vent. Qu'il fallait ensuite imaginer que la mer, la fleur, l'île, c'était son sexe. Et accepter la pénétration. Tout était là. Il fallait ACCEPTER LA PÉNÉTRATION. Mais aussi SAVOIR DIRE NON.

127

Avoir le droit d'être égoïste. Mettre de la musique, allumer des bougies.

Dans d'autres magazines, ceux qui faisaient dans le technique, on apprenait que le clitoris était trop souvent négligé par les hommes. Qu'il y avait deux types de jouissance : la clitoridienne et la vaginale. On localisait le point G à deux largeurs de doigts sur la paroi antérieure du vagin. On y voyait aussi un mythe phallocrate. On expliquait comment être vraiment libérée. On faisait des schémas : où inviter l'autre à mettre le doigt et la langue. On avertissait que le vagin étant naturellement très peu innervé, il ne fallait pas s'étonner de ne rien y sentir. TOUS LES ORGASMES SE VALENT. C'est à chaque femme de trouver son chemin, et l'orgasme en lui-même N'EST PAS OBLIGATOIRE. Mais il fallait en parler avec son partenaire, parce que TOUTES LES FEMMES Y ONT DROIT, et des études prouvent que les femmes qui ont régulièrement des orgasmes sont plus détendues, moins ridées, plus minces aussi, parce que leurs hormones se rééquilibrent mieux.

Chloé, ce soir-là, buvait du whisky et me racontait ces horreurs pour ne pas coucher avec moi, ou du moins : pas immédiatement ; mais quand sa bouche s'arrondissait sur le *o* d'orgasme, et faisait sonner le petit *s* derrière, j'aurais voulu lui dévorer les lèvres et hurler de volupté. De me voir dans cet état, ça la faisait rire, Chloé, elle plongeait le nez dans son whisky et le fou rire montait ; et son front aussi lisse que celui d'une mutante me narguait, fermé, clos, secret.

La presse pour jeunes filles n'était pas en reste, mais elle se spécialisait, logiquement, sur le dépucelage, en soulevant à peu près les mêmes lièvres. Est-ce qu'on reste vierge après le passage d'un doigt? Est-ce qu'on peut avoir envie même sans être mouillée? Est-ce que le garçon a le droit d'exiger une fellation? Est-ce qu'on peut tomber enceinte dès la première fois? Est-ce que la pratique de l'équitation ou du patinage abîme l'hymen? Est-ce qu'on a automatiquement du plaisir? Quelle est la position recommandée pour avoir le moins mal possible? Est-on normale si on n'a pas envie? Les filles réputées chaudes sont-elles morphologiquement différentes des autres? Des spécialistes répondaient. On apprenait, par exemple, qu'une fille a besoin d'AU MOINS VINGT MINUTES POUR JOUIR, que les garçons sont souvent plus rapides que ça, et qu'il faut faire preuve de compréhension.

« Si vous ne me croyez pas, me dit Chloé en relevant son nez humide de vapeur *single malt*, allez donc lire vous-même. Dans des archives ou autres. Mais je suppose que ça n'a pas beaucoup changé, à part les quelques phrases liées au sida. »

Nous nous retrouvâmes enfin chez moi, puis sur mon tapis, puis dans mon lit, et Chloé continua son récit. Elle avait donc commencé sa vie sexuelle sociale persuadée d'être frigide. Cette vie sexuelle

« sociale » (c'est l'adjectif qu'elle employait), qui n'existait que pour être racontée, s'opposait à la solitaire. Les filles se faisaient des rapports de leurs rapports, et les garçons aussi, à leur façon : dans les deux cas, tout était faux, sauf la description des organes. Mais personne, en tout cas pas les filles, ne parlait de la masturbation. C'était donc un truc de mal-baisée. Chloé la pratiquait beaucoup mais se serait cousu les lèvres plutôt que d'avouer. La masturbation s'opposait donc à la sexualité. Il n'y avait aucun lien entre les deux.

La très jeune Chloé était ainsi constituée de phrases empilées les unes sur les autres. Il fallait imaginer le froissement des pages de magazines quand un garçon tentait de l'enlacer ; le glissement du papier glacé quand elle-même voulait s'approcher d'un autre corps ; et sous les oscillations de cette pile en déséquilibre, les sourires immobiles des premiers mannequins-stars, les éternelles blagues sales, les paradoxes de la pensée au point mort, et encore en dessous, les cris nocturnes de sa mère. Ces cris qu'elle essayait d'assourdir, un walkman sur les oreilles, avec Abba et Supertramp.

À dix-sept ans elle avait déjà tout fait : c'était obligatoire. Fellation, sodomie, échangisme, et des trucs dont elle ignorait le nom, et attachée, pas attachée, par-derrière, par-devant, sur les côtés... surtout, prouver qu'elle n'était pas frigide. Faire savoir qu'elle aimait ça. Et d'ailleurs, tout le lycée le savait. Au besoin, dans les boums, enfermée dans la salle de bains avec son partenaire de slow, elle gueulait plus fort que la musique. Elle était extraordinairement bruyante, et elle avait un succès fou.

Ça se passait dans la province française au tout début des années quatre-vingt. Le viol venait d'être criminalisé, les filles prenaient la pilule, on pouvait avorter sans risquer sa peau ou la prison. Chloé se violait toute seule. Sa pratique avait dépassé de si loin le pas de son désir, qu'il lui fallut plusieurs années, ensuite, pour refaire la jointure entre ce qu'elle voulait et ce qu'elle faisait. Et ce, sur tous les plans.

« Je simulais, me raconta Chloé, parce qu'il fallait absolument que je sois à la hauteur. J'ai simulé dès la première fois. J'étais très amoureuse du type. J'étais enchantée de faire l'amour avec lui. Le cadre, comme vous dites, était idyllique. J'avais normalement peur, j'étais trempée de désir, je n'ai pas eu mal une seule seconde et j'ai un peu saigné, puisqu'il fallait saigner. Pourtant j'ai simulé instantanément, comme par réflexe.

C'était comme si j'avais toujours su faire semblant. J'étais hantée par cette idée qu'il fallait avoir du plaisir, que sinon je ne serais qu'une coincée-du-cul, une peine-à-jouir, etc. Il fallait qu'il admire en moi la fille libérée. La vierge, mais libérée, miraculeusement libérée. Je ne me posais pas de questions, et visiblement, lui non plus. Il croyait au miracle de l'amour, ou à sa puissance à lui, allez savoir. Il avait dix-neuf ans. Tout ce que je savais, c'est qu'il fallait que je respire fort, de plus en plus fort, que je me cambre, que je me tortille, que je gémisse, de plus en plus vite et fort, et que je finisse par crier. Un programme assez simple. Un numéro d'actrice, et basta. On profite sans doute de l'échauffement de l'autre à ce moment-là, en tout cas je trouvais les garçons extraordinairement crédules. Les garçons, et aussi les hommes, puisque parmi les choses qu'il fallait faire, figuraient les vieux, les mariés, les profs... Eux aussi n'y voyaient que du feu.

– Mais vous aimiez ça ?

– Simuler ?

– Je parle de FAIRE L'AMOUR. Vous voyez tout de même ce que je veux dire ?

Elle rit.

– Oui, j'aimais ça, justement. Dès la première fois, j'ai adoré ça. Le monde a doublé de volume. Une sorte d'opération au carré sur l'univers. Comme si la journée se prolongeait d'une nouvelle journée, inédite, *en plus*, un temps que je n'avais jamais éprouvé jusque-là. Une journée à neuf, une autre journée. Tout ce qu'on pouvait encore vivre, ces gestes à découvrir, cet espace : c'était exactement l'inverse de la solitude telle que je la connaissais. Je commençais d'ailleurs à mieux comprendre mes parents, ce que signifiaient leurs nuits sonores... Mais restons techniques : il faut que je m'explique.

Je simulais parce que les sensations physiques ressemblaient à celles de la masturbation. Et c'était horriblement gênant. Il ne fallait surtout pas que l'autre le sache, cet amant si noble, si aimant, si capable. Il fallait bien que je m'avoue, même, que si on ne considérait que le plaisir, je préférais me masturber : j'arrivais à ce que je voulais avec infiniment plus de facilité, et de calme. Mais comment faire le lien entre ce plaisir des organes et le bouleversement dans l'espace et le temps ? Pour avoir la paix, pour jouir tranquille de la métamorphose du monde, je simulais.

– Je ne comprends rien.

– Vous faites semblant de ne pas comprendre. Vous savez très bien de quoi je parle.

C'est à ce moment-là de notre conversation que, allongée entre ses seins paradoxaux, je suis tombée amoureuse de Chloé.

« Vous savez que les femmes sont morphologiquement impénétrables : il n'y a que les idiots pour se figurer qu'il les transpercent, qu'il les possèdent, qu'il les clouent ou le diable sait quoi – ou même qu'ils les font jouir. La femme jouit seule, comme l'homme, mais c'est infiniment plus amusant à deux. »

J'opinai vigoureusement du chef.

« Le frottement des organes était certes agréable, mais il y avait ce *en plus* qui me prenait totalement par surprise, quelque chose qui n'avait rien à voir avec la masturbation. Je mets dans le mot jouir ce qu'on nomme platement le plaisir sexuel, mais tout le reste aussi, ce que j'essaie de décrire avec mes multiplications du monde. Les livres s'écrivent là-dessus, non, les vrais livres ?

Cette première fois là je n'ai pas eu d'orgasme, pour reprendre la typologie des magazines. Je jouissais de la découverte, de cette espèce de double fond dans le monde, et aussi dans mon corps. Mon vagin semblait fait de plusieurs chairs et muqueuses différentes, annelées, tressées les unes aux autres... Et je n'ai pas encore fini de découvrir. Je songeais d'ailleurs, dès la première fois, que j'aurais tout le temps, que ça allait recommencer et recommencer, avec lui ou d'autres, cet éblouissement d'être aussi formidablement seuls à deux. Mais bon : je n'ai pas joui. Pour jouir il a fallu effectivement que je recommence et recommence. Que je *m'entraîne*.

Informée par les magazines, j'étais d'une ignorance totale. Par exemple, au tout début, j'étais aussi immobile qu'une bûche sous la neige. J'ignorais, non pas qu'il *fallait* bouger, mais que c'était mieux en bougeant. L'orgasme masturbatoire, je m'y adonnais avec la plus grande facilité depuis toujours, comme toutes les petites filles. J'avais développé, amélioré et diversifié mes techniques. Mais j'*entrais* peu ; je restais à la surface. Les petites filles sont clitoridiennes, à moins d'être très dégourdies. L'anatomie est ici une limite : les doigts sont trop courts, le bras pas assez souple... Se dépuceler soi-même, c'est possible, mais j'ai toujours eu horreur des instruments. Bref : voilà la bite. Il faut un peu de temps pour s'habituer à la bite, pour refaire autour d'elle ses propres circuits de sensations, et sentir cet homme-là, cet autre, lui faire sentir son propre corps, se mettre à résonner ensemble. Avec l'un ou avec l'autre, la première fois c'est rarement bien, c'est la deuxième, la troisième, et les fois suivantes qui deviennent intéressantes, non? »

Nous rîmes.

« Je découvre donc que j'ai un *fond*. Que ça bute au fond, et que contrairement à tout ce qui se dit, même ouverte je suis fermée. Fantasmatiquement, seule la sodomie vous traverse jusqu'à la glotte, le trou s'ouvre des deux côtés, cul-bouche, et les deux sexes partagent ce savoir, ou font semblant de ne pas savoir. Me voilà dépucelée, et mon premier réflexe est de me dire : je suis intacte – c'est-à-dire : je ne suis pas *donnée* à cet homme. Et réciproquement, il ne me doit rien. Mais au lieu, je ne sais pas, de profiter joyeusement avec lui de cette fantastique gratuité, instantanément je garde cette découverte pour moi. Je me laisse rattraper par les magazines féminins.

– La simulation?

– J'y viens, j'y viens. Mettons tout de suite à part cette espèce de cage qu'est le désir de l'autre quand on se mire dedans. On veut ressembler à ce désir, on simule pour être, suppose-t-on, encore plus désirable. Cercle vicieux. Mettons aussi à part le cas où l'on ne sent rien : ça arrive. Je ne parle pas de la frigidité pathologique, mais de ces erreurs de la séduction, de l'ennui, de la politesse, de la paresse qui font dire oui... Pour se débarrasser du problème, pour que ça aille plus vite, pour faire plaisir, pour se faire bien voir, pour toutes autres raisons qui n'ont rien à faire avec ce dont on parle ici, on gigote, on gémit, on souffle et puis on crie : affaire réglée.

Je dis « on » parce que les homme simulent aussi. Il m'est arrivé plusieurs fois, depuis le sida, de trouver des capotes vides au chevet d'hommes qui avaient joué la transe. Ou, avant le sida, de bizarrement ne pas « couler ». C'est toujours un peu vexant. Mais ça peut être charmant, aussi. Il y a souvent une grande politesse dans la simulation : pourquoi imposer à l'autre ses propres empêchements, ou sa flemme, sa fatigue, alors qu'on a passé un bon moment ? Quel est le lien avec ce qu'on vient de vivre ? Pourquoi diable avoir à expliquer, avec des mots fastidieux, cette certitude de l'instant, parfois : que ce qu'on appelle l'orgasme n'a aucune importance ?

– Vous parlez comme les magazines.

– Non. Je parle d'autre chose. De situations à chaque fois singulières. D'amour, si vous y tenez. Si j'ai simulé dès la première fois, c'est parce que j'ai cru que les sensations physiques de ce qui se jouait là, *à deux*, devaient être nécessairement différentes de celles de la masturbation. Comme elles ne l'étaient pas radicalement, je croyais que je ratais quelque chose, donc que j'étais frigide. J'attendais plus des sensations, au début. J'étais un peu déçue.

Elles étaient encore celles, balbutiantes, d'une quasi-
vierge, mais c'est surtout que ce bouleversement
dont je parle, cet élargissement des dimensions
connues, je ne pouvais pas croire que ça passait par
des organes ; ça les dépassait, ça les débordait tellement. On m'avait appris à les considérer sous l'angle
d'une hygiène qui réglait aussi le reste du monde.
Or, par eux, le monde se renversait.

C'était extraordinaire. C'était incompréhensible.
L'abîme était immense. J'étais persuadée d'être la
seule à sentir ça. Tout était confusion. Pour comprendre tranquille, pour ressentir, je me suis isolée
dans l'arène de la simulation : un cirque où j'étais
seule, l'autre expédié sur les gradins. Mon cerveau se
coupait en deux : je jouais mécaniquement ma partie, ce que je croyais qu'on attendait de moi : gémir,
etc. – et j'essayais de me suivre moi-même.

Ça donnait des paradoxes assez étranges : le
plaisir était totalement séparé de sa manifestation. La
manifestation était autonome, mais le plaisir l'était
aussi. Mon cinéma était codifié, mais le plaisir ne se
laissait pas programmer. Les deux flux se déroulaient
séparément, comme un film décalé de sa bande
sonore.

Vous savez de quoi je parle : simuler excite, peut
même faire jouir, parfois : le geste précède la sensation comme l'agenouillement la foi. Mais la sensation se perd comme on est occupée à la mimer. On
rate le meilleur : l'emportement. On ne se laisse pas
expulser hors de soi. Et le décalage entre son et sens

atteint son maximum quand on fait semblant DE NE PAS JOUIR. Imaginez : la jouissance vous rapte alors que vous n'en êtes qu'au début du numéro. Jouir maintenant serait invraisemblable. Vous prenez l'air de rien, et ce contrôle à contre temps peut, soit vous faire exploser le cerveau, soit le moucher comme une chandelle. Vous vous séparez de plus en plus de vous-même – sans parler de l'autre.

À l'époque je changeais sans cesse d'amant, pour ne pas me trouver enferrée dans mon propre réseau de mensonges. J'ignorais, par exemple, qu'on pouvait jouir plusieurs fois ; comme je ne connaissais pas encore les femmes, je fus stupéfaite, gênée, paniquée même, quand le fond de mon vagin, son creux rouge, ses bords infinis, ses formes affranchies de la logique, se mirent à m'envoyer des signaux irréfutables, qui jetaient à bas mes manœuvres de contrôle. Je ne m'en sortais plus. Et j'étais dans une solitude qui devenait franchement grotesque.

Mes vocalises s'inspiraient évidemment de celles de ma mère. Lorsque j'en pris conscience – que je l'imitais – mon dégoût fut tel que je cessai d'un coup de simuler. Qui peut faire l'amour en pensant à sa mère ? Cette période d'ascèse me sauva. Ma séparation d'avec sa voix a coïncidé avec le début d'une longue histoire d'amour. Ne concluez pas hâtivement : je ne me suis pas rendue à un seul homme. Mais m'engager m'a rendue fidèle à moi-même. C'était trop fatigant, ces grimaces, et je ratais rien moins que le vif du sujet.

Or, à moins d'exténuante embrouille, si je devais coucher avec le même homme longtemps, il fallait que je sois, à tout le moins, plus discrète ; encore plus secrète sur mes sensations, si vous voulez, mais au moins fidèle à elles. Se laisser arracher les cris devient alors la meilleure chose du monde... et renouer avec le cinéma, à volonté, un délice... Je m'étais absentée de moi-même, je m'étais ôtée de mon propre corps et j'errais, comme un fantôme, entre les bras des autres... En cessant ce manège, en m'en désintoxiquant, je suis devenue très accueillante. Me débarrasser de mon ping-pong psychologique m'a réconciliée avec certaines phrases : s'accorder au corps de l'autre, jouir de sa jouissance... et quand on se sépare, quand les corps se relèvent, on n'est lourde que du secret du plaisir. Je vous raconterai, une autre fois, les nuances que j'aime à glisser entre plaisir et jouissance. Disons seulement que je me sens désormais moins traîtresse, voilà tout.

– Vous y perdez, peut-être.

– Je veux dire : moins traîtresse à moi-même. Il y a alors de la place pour l'autre. Et rien n'interdit de mettre du jeu à tout y compris la jouissance. De toute façon, les vraies simulatrices sont celles qui jouissent. Les autres ne produisent que de grossières imitations. D'ailleurs les femmes savent toujours quand une autre femme simule. »

Je n'en étais pas si sûre. Ça ne me paraissait pas si simple. Le paradoxe de la menteuse, je le tenais, là, dans mes bras. Pourquoi faisait-elle l'amour avec moi ? Pourquoi revenait-elle, avec constance, vers moi, depuis cette fête et ces whiskies ? Elle semblait y trouver plaisir... Lui avais-je demandé de me raconter tout ça ? Je ne me souvenais plus. Je tourbillonnais. Qu'elle jouisse entre mes bras, encore et encore, était le seul moyen de la faire taire.

(2003)

My mother told me monsters do not exist

> *My mother told me monsters do not exist.*
> *Now I know they do.*
> (*Alien IV*)

J'étais à la fin de cet énorme travail qui m'avait pris trois ans, où je réglais mes comptes avec tout le monde, les vivants, les morts, le sexe, l'écriture. Être à la fin de ce travail, ça voulait dire : piétiner; relire les pages beaucoup plus lentement que je ne les avais écrites; savoir qu'il me faudrait encore, indéfiniment, une autre relecture avant de décider que tout était prêt, toutes les phrases une par une, prêtes à être publiées.

Je n'en pouvais plus. J'éteignis la lumière et reposai mes yeux. Seule filtrait dans l'appartement la lueur des réverbères. Il était deux heures du matin. Je m'allongeai sur le tapis et fis quelques étirements, pieds derrière la tête, pieds au plafond. Les muscles bougeaient le long de ma colonne, chauffaient sous ma peau comme des lézards. Quand je me relevai, je constatai avec désagrément que le voisin d'en face, en pyjama, me regardait.

Mon voisin d'en face me regardait souvent, droit dans le blanc des yeux ; bien que parfois le doute m'ait saisie, qu'il ne regarde que son reflet dans la vitre. Son regard n'exprimait rien, ni curiosité, ni concupiscence. Peut-être me regardait-il comme on regarde dans le vide, lui et moi séparés par le canyon de la rue, nos corps exactement à la même hauteur, suspendus au-dessus de la ville entre les cubes des appartements.

Je voulus tirer le rideau. Quelque chose de lourd tomba sur le parquet : une masse sombre, immobile. Je me penchai mais, dans la pénombre, je ne distinguais que cette forme sur mon parquet, persistante, incompréhensible.

Je jetai un coup d'œil vers la fenêtre de mon voisin. Son regard avait peut-être légèrement dévié, vers mes cuisses ou mes genoux, ou vague dans les reflets des lampadaires. Je fermai le rideau, et me penchai un peu plus vers la forme, déconcertante, comme imprimée sur ma rétine. L'ourlet du rideau la frôlait, mais il ne se passait rien. On aurait dit un lapin, ou une poupée de chiffons ; peut-être un pigeon, qui serait tombé à l'intérieur ? Je ne parvenais pas à fixer mon regard à la bonne distance, à décider d'une taille, d'une position, d'une couleur, comme si un quadrillage d'air, un grillage invisible, avait obligé mes yeux à une acrobatique mise au point. Je touchai du bout du pied. La chose était grosse, oui, comme un gros poulet, et il me semblait commencer à discerner un début et une fin, une tête là, une queue de l'autre côté ; mais c'était aussi bien un ballon de baudruche ou un vêtement décroché d'un cintre.

J'allumai la lumière. La chose était noire, c'est ce que je constatai d'abord : vraiment noire même en pleine lumière. Et cette couleur déjà était anormale, comme si la nuit restait accrochée là, en boule sur mon parquet, ou plutôt, comme si de toute évidence la chose aurait dû disparaître, couleur et forme, avec l'irruption de la lumière ; cette chose qui n'était pas seulement noire (je ne sais pas à quoi je m'attendais : du brun, du beige, du gris ?) mais qui demeurait intacte, absurdement inchangée, comme une ombre sur une lampe.

Je ne parvenais pas à voir. Mon cerveau analysait, réfléchissait, mais c'est, je crois, pour rester aveugle qu'il s'étonnait ainsi : un mécanisme, un ordinateur de bord peinant à proposer des solutions, alors que mon corps, déjà, avait saisi qu'il y avait là une chose intolérable, une chose en présence de quoi on ne pouvait ni se tenir, ni rester calme. Mon corps tremblait, la nausée montait. Mais je voulais comprendre.

Je me rapprochais encore. Si mes yeux avaient pu palper, sentir, manger, ils l'auraient fait pour mon cerveau, qui s'obstinait, stupide, comme devant une illusion d'optique. Je voyais un relief, ciselé de petits canaux, gravé de lignes : peut-être des plumes, des plumes noires et comme poussiéreuses, et un instant je pus penser à un corbeau. Mais c'était trop gros pour un corbeau. Je reculai, de plus en plus épouvantée, de plus en plus seule et incrédule.

Il fallait toucher cette chose ; mais pas avec mes doigts, pas avec ma peau. Je courus dans la cuisine chercher le balai. Je me rappelais, petite, dans un champ, avoir marché sur une portée de mulots. Le contact étranger, d'un coup sous la semelle, la différence avec l'herbe, avec le craquement ordinaire des brindilles – et puis comprendre, l'estomac qui se tord : ces os mous, cette chair gélatineuse écrasée sous le pied. Et se souvenir avec une acuité que le temps n'amortit pas de cette succion molle, de cette crevaison – ce sol visqueux qui se dérobe. En m'emparant ce soir-là de mon balai, je voulais surtout m'éviter de tels retours de mémoire.

C'était solide, résistant, inerte. Je poussai, et la chose découvrit son autre face, une bouche, ou plutôt une petite gueule : seule tache de couleur – rouge ; partant de ce repère je pouvais deviner deux yeux, clos, deux fentes plissées, et peut-être un nez, deux orifices en tout cas, noirs et secs, et deux oreilles ou deux touffes de poils parmi les espèces de plumes. Une sorte de mucus séché les ternissait. Et il y avait deux pattes recroquevillées, au bout desquelles pendaient deux mains racornies, humaines, avec des ongles aussi noirs que le reste.

Ce n'était pas un corbeau.

Je sortis du bureau et fermai la porte. Je déplaçai d'un seul coup de reins la lourde commode du couloir et la bloquai sous la poignée.

Le téléphone était resté dans le bureau. De toute façon, qui aurais-je appelé ? Cette chose derrière la porte était si sale, si répugnante, que je ne voyais personne à qui demander de l'aide. Il fallait que je m'en débarrasse, demain, et sans parler. J'avalai deux somnifères et me couchai en tirant le loquet.

C'est la douleur qui me réveilla. Je n'avais pas ouvert les yeux, j'étais dans le silence du réveil, quand on n'entend pas encore les bruits ; quand on commence, tout juste, à sentir ses jambes réelles, son dos réel, pas ceux du rêve dont on sort à demi. Une serre d'aigle me poignait dans le dos, enfonçait ses griffes jusque dans mon ventre. Ma première pensée fut de refuser, de rester dans le rêve et le sommeil ; mais comme j'émergeais sans recours, la douleur se rassembla sur un point précis de mes reins : l'endroit où mes muscles avaient forcé, la veille, contre la commode. Et je me souvins avec violence de la chose dans le bureau.

Rien ne bougeait. Il y avait le grondement habituel des voitures dans la rue, et dans ma chambre, côté cour, le frôlement des feuilles du peuplier. L'été dernier, je m'étais endormie fenêtre ouverte et lumière allumée. Un bruissement au milieu de la nuit, une sorte de cliquetis léger... le plafond était tapissé d'insectes, papillons noirs, scarabées, lucanes, et bien d'autres choses dont j'ignorais le nom. Cette nuit-là je vidai une bombe d'insecticide jusque dans mes draps, si longuement qu'une cloque se forma au bout de mon

147

index. Au matin les insectes jonchaient la moquette, les couvertures, le haut de l'armoire ; j'en trouve encore parfois au pli de mes vêtements, et d'autres, momifiés, entre les pages des livres. Depuis, le peuplier, ce grand peuplier qui était un argument de l'agence immobilière, ce peuplier qui donnait un air de campagne à la cour, s'est avéré un nid de choses vivantes, hannetons et mille-pattes, petits corps durs qui grésillent.

Avec un peu de chance, la chose aurait disparu, c'était un mauvais rêve, ou alors elle serait beaucoup plus petite que dans mon souvenir, une simple mouche, un bébé pigeon, et moi fiévreuse, énervée par l'écriture, j'aurais exagéré.

Je me préparai d'abord un café. Il y avait eu l'invasion de cafards, aussi. Ils étaient remontés des caves inondées, un hiver où il avait beaucoup plu. Je m'étais installée chez ma mère le temps de la désinfection, et à mon retour, sous ma douche, j'avais découvert avec horreur que beaucoup d'entre eux, encore vivants, s'étaient réfugiés sous la bonde et s'échappaient sous mes pieds nus.

Je goûtai au café, il avait goût de vieilles plumes. Je fis péniblement glisser la commode, celle que j'avais la veille déplacée avec tant de conviction. En ouvrant la porte, je vis tout de suite que la chose avait disparu.

Il fallait qu'elle ait bougé pendant la nuit, se soit cachée. Ce que je craignais d'instinct, ce n'était pas tant qu'elle surgisse, mais de la trouver inerte à nouveau, répugnante, en tas sous un meuble. Et ce qui me dégoûtait surtout, c'était l'idée d'une agonie, le voisinage d'une chose en train de mourir chez moi.

J'avançai avec précaution ; ouvrir la fenêtre, aérer, respirer ; je tirai le rideau. La fenêtre d'en face était vide. Le rideau semblait lourd. Je levai la tête, et vis la chose, suspendue tête en bas dans un pli du tissu, pattes serrées, yeux clos, immobile.

Dans la cuisine, sous l'évier, je pris un sac-poubelle. En pleine lumière, dans le jour clinique, l'animal, accroché au rideau, replié sous ses ailes, ressemblait un peu à une chauve-souris. Mais les pattes étaient simiesques, les doigts fins et recroquevillés. Les ongles n'étaient pas des griffes mais de vrais ongles épais et ronds. Et le museau, la gueule, le visage, endormi ou mort, était plissé comme celui d'un nouveau-né.

Juchée sur un tabouret je secouai le rideau ; d'abord à bout de bras, puis de toutes mes forces. Ça ne se décrochait pas. Je dévissai la tringle et fis glisser le rideau au sol, anneau par anneau.

À terre, ça faisait une bosse sous le tissu. J'ouvris le sac-poubelle aussi grand que possible, et tentai d'y enfourner le tout, en soulevant par les anneaux et en poussant du pied, en apnée. Mais le sac n'était pas assez grand, il aurait fallu que j'enfonce et force et touche.

Je m'assis, désemparée. La peur recreusait en moi sa place, à mesure que l'air pénétrait mes poumons, à mesure que mes muscles se déprenaient des tensions, ordres et commandes que je leur avais imposés. La lumière se modifia sur la gauche de mon champ de vision, et je vis mon voisin, le regard peut-être vaguement étonné, vaguement perplexe. Je n'avais plus de rideau pour lui faire face.

Il me semblait pouvoir me dédoubler, facilement, légèrement, comme si ces quelques heures étranges, depuis la veille, avaient graduellement dissocié mon corps de ma conscience ; et je pouvais voir ce que voyait mon voisin, une jeune femme seule, le regard fixé vers un point du sol. Et il fallait que j'agisse à nouveau, que mon corps se soumette avec oubli à ma volonté, pour qu'adhèrent en moi les muscles et les idées.

Pousser du pied le rideau sous la table, le dérober à l'œil de mon voisin. Saisir par les anneaux, soulever, dégager la chose. Remonter sur le tabouret, raccrocher les anneaux à la tringle, fermer.

Le salon était retombé dans une demi-pénombre, et moi, il me semblait que je rêvais.

La chose reposait maintenant sur le tapis. Je ne pouvais pas la quitter des yeux. Le téléphone sonna, le répondeur se mit en marche, et j'entendis, irréelle, la voix de mon éditeur qui venait aux nouvelles ; mais qu'aurais-je pu répondre ?

Je dormis sans somnifère. J'attendis, toutes portes fermées, que le sommeil me prenne, et il me prit, rapide, accablant : un sommeil anonyme et brut, aussi dénué de personnalité que la nuit indifférente sur la ville.

Puis j'entendis un bruit, je ne saurais dire quand, où. Le peuplier bruissait, toutes les fenêtres de la cour étaient éteintes. Je me levai. Je n'avais pas peur. J'étais révoltée, écœurée et lasse. Dans la cuisine, juchée sur l'évier, cramponnée de ses petites pattes humaines, la chose grignotait, avec des suçons d'écureuil, un quignon de pain qui traînait.

Elle se dandinait sur le bord de l'évier, lançait la tête par saccades comme les poules ou les pigeons. Une langue noire et luisante s'activait sur la croûte du pain. Des dents apparaissaient, noires et rouges à la gencive, puis blanches, ou grises, à la pointe. La bouche était fendue très haut, jusqu'à un semblant d'oreilles – des trous à protubérances mobiles, comme si les sons appuyaient sur des touches de chair – si bien que la bestiole semblait sourire sans joie, bêtement, seulement animée par la faim. Et elle lançait à nouveau la tête, le quignon roulait, elle perdait l'équilibre et une aile s'ouvrait, ou une membrane : un truc noir, pointu, qui d'un coup couvrait d'ombre l'évier.

Je restais, moi, dans l'ouverture de la porte, prête à bondir si elle m'approchait, mais calme finalement, fatiguée, agacée. Elle ne paraissait pas me voir. J'avais beau m'agiter, les plis sous lesquels je situais de probables orbites restaient comme collés, froncés sous la lumière. J'ouvris le frigo sans plus de précaution, et lui lançai un bout de gruyère.

151

La truffe minuscule qui terminait, comme un bouton, le haut de sa bouche hilare, se mit à frétiller, et la chose sauta avec vivacité sur le morceau. Elle émit de petits bruits de rongeur, puis essuya, tête sur l'aile, un filet de bave noire.

Un autre morceau de gruyère. Un reste de poulet. Le gras d'une tranche de jambon. Un abricot, des cacahuètes, et un yaourt qu'elle siffla en deux secondes.

Le téléphone m'interrompit. C'était ma mère. La bestiole était en train de revenir dans mon bureau, j'avais laissé la porte ouverte. Elle marchait en se dandinant, s'aidant parfois, si elle trébuchait, d'un délicat petit coup d'aile. « Je te rappelle » dis-je à ma mère.

La bête sauta sur mon bureau, et de là, ouvrant les ailes, bondit sous le rideau et s'y lova. Pendant quelques secondes le tissu s'agita, griffes et soubresauts. Et puis, plus rien ; je le soulevai à demi, elle s'était endormie, accrochée tête en bas sous ses ailes.

Elle avait chié dans l'évier, des crottes noires, sèches et inodores. Je fis couler de l'eau longtemps sans les dissoudre, considérai le problème, et décidai d'aller lui acheter, tout de suite, une caisse et de la litière.

Dans la rue je tentai de distinguer ce qu'on voyait à ma fenêtre. Il y avait bien une ombre dans le rideau, mais on pouvait la prendre pour un pli, ou pour une tache. Mon voisin me regardait. Nous nous fîmes un petit signe de tête.

Il faisait doux. Le temps s'était mis au beau. Quai de la Mégisserie, sous les platanes poussiéreux, entre les cages à lapins et les aquariums à boas, l'odeur de fauve s'épanouissait. Les aliments en grain, en soupe et en croquettes fermentaient dans les gaz d'échappement, et les chats, les souris, les loutres de mer, pris d'une frénésie comique et fend-le-cœur, se tuaient à entretenir leur pelage.

Je dis que c'était pour un écureuil, un écureuil de belle taille, un gros écureuil, donc, d'Amazonie. Un konga, dit le vendeur. C'est ça, confirmai-je. Il me jaugea avec respect, l'air de considérer la bête. Il vous faut au moins ce format, il montrait un bac de quinze litres, et cette litière-là, il me mit un sac dans les bras, et inutile de vous le dire, des laitages et des fruits, en quantité. Je repartis avec mon bazar.

Le voisin était à sa fenêtre. La bête dormait dans le rideau. Depuis combien de temps nichait-elle là ? Peut-être y avait-elle éclos, œuf, ver, chrysalide, engraissant, hibernant, muant, minuscule peut-être, discrète, propre ? Peut-être le voisin suivait-il sa croissance depuis mon installation ? Les yeux sur moi mais comme à travers moi, dans les hauteurs imprécises de l'air, il semblait croître lui aussi, végétal, sensitif et paisible, comme les orchidées qui se nourrissent d'air.

Je la prénommai : Clémence. C'était une fille, de toute évidence, et elle forcissait de jour en jour.

(1999)

LA RANDONNEUSE

I

La neige s'était remise à tomber vers midi. Un peu avant, Stéphane était passé pour me laisser Humphrey. On allait fermer le col et il quittait son poste, jusqu'à la fonte de printemps. Son départ me mettait mal à l'aise. Désormais, j'allais me retrouver seule dans la montagne, à trente kilomètres de Ballestres, le premier village en descendant, et sans accès sur l'autre vallée, puisque le col était fermé. C'était le grand jeu qui commençait. L'été, l'automne, à écrire seule dans mon chalet, avec les promeneurs, les gardes du parc, la montagne chaude comme un ventre et toute vive de lumière, c'était une coquetterie de scribouilleuse, un cliché de romancière en manque d'inspiration. Mais avec l'hiver, la neige, les jours plus courts, le congélateur plein du pain qu'on ne monterait plus de Ballestres, ma séduisante solitude se muait en isolement.

Si les chiens firent fête à Stéphane, Humphrey, comme d'habitude, les mit en fureur. Il avait pourtant une bonne bouille, ce chat, avec ses oreilles de fennec. Je m'imaginais déjà au coin du feu le soir, bien au chaud à gratter du papier dans le silence de la neige, avec Humphrey avachi sur mes genoux comme une méduse à fourrure. En fait de genoux, c'est sur l'armoire qu'il élut immédiatement domicile, terrorisé par les chiens. Toute l'après-midi, l'atmosphère fut tendue.

Je n'écrivais pas grand-chose de bon. Comme dans les rêves, quand on veut courir et qu'on avance lentement, avec des gestes comme des arrachements, j'avais l'impression déprimante que mon stylo s'engluait dans le papier. Je me levai, je traînai dans le salon, je vidai une théière, une autre, et mon dernier paquet de cigarettes – fâcheux oubli. Il allait falloir descendre à Ballestres dès la tempête finie. Le soir tombait – il n'était pas plus de quatre heures – et le spectacle était si sinistre dehors, les sapins se débattaient si violemment sous la torture du vent, le chalet résistait avec des bruits si inquiétants, qu'il ne manquait que quelques hurlements de loups pour se croire transportée dans la première scène du *Bal des vampires*. Je me mis à rire. Cette tempête était hollywoodienne au possible.

Vers six heures, je montai à l'étage prendre une douche chaude. Quand je redescendis, enfouie dans un gros pull de laine, ce fut pour sauver in extremis Humphrey des crocs de Charlie, le bobtail, que j'enfermai dans le cellier. Quant à Humphrey, je le mis en sécurité dans ma chambre, à l'étage, et fermai soigneusement la porte.

Au moment où je voulus me remettre à écrire, la lumière s'éteignit. Rien d'étonnant avec cette tempête. Comme toujours dans ce cas-là, je me dis qu'« on » allait rétablir le courant très vite, et je ne pus empêcher ces pubs EDF de me venir à l'esprit, avec leur lot de super-héros gravissant, l'air farouche au sein de la tourmente, de gigantesques poteaux.

J'attendis longtemps, blottie entre les deux épagneuls. Enfin, je décidai avec effort de me lever pour chercher des bougies. Elles étaient dans l'armoire. Je ne sais pourquoi, l'idée de me mettre debout dans le noir, et d'ouvrir cette vaste armoire, et d'y enfouir mes mains, et d'y fouiller... Je me souvins tout à coup avec une sorte de soulagement que depuis la dernière panne, en octobre, il ne restait plus une seule bougie dans le chalet. Je décidai alors de faire du feu, pour avoir de la lumière, ou pour m'occuper. La réserve de bois était dans le cellier, petit, obscur, et j'eus plaisir à y retrouver Charlie, que je laissai filer dans le salon – c'était le plus remuant, le plus sympa de mes chiens, et je n'avais jamais eu la moindre autorité sur lui. Il me suivit partout le temps que je transporte le bois et je me dis que, ma foi, sans sa présence dans le cellier, j'aurais fait brûler les cageots qui s'entassaient près de la cheminée.

Le feu se mit à pétiller. Je m'assis dans le halo de lumière mouvante, les trois chiens autour de moi. « On » me jouait une mauvaise farce et ce « on » se faisait, à mon insu, de plus en plus diffus. Je me remis à rire. J'étais là, dans les hurlements du vent, blottie entre trois corps vivants, chauds, à vivre une sorte de nuit des temps, à retrouver instinctivement cette attitude et cette angoisse millénaires – ne pas sortir du cercle du feu. De quoi avais-je l'air ? Et de quoi avais-je peur ? Il n'y a pas de yéti dans ces bonnes montagnes, et les derniers ours hibernent, tranquilles. Des rôdeurs ? Qui s'amuserait à rôder dans cette tempête ? J'étais seule, absolument seule – et ma peur ne venait sans doute que de cet impressionnant isolement. Après tout, je l'avais voulu.

Les chiens ronflaient, pelotonnés, Charlie comme un vivant appel au câlin. Je me serrai contre lui, à plat ventre, les bras autour de son cou. Il grogna un peu, pour la forme, et se rendormit – et je crois bien que je fis de même.

Quand je me réveillai, le feu avait baissé. Le salon était plein d'ombres longues, vacillantes, de recoins noirs aux flancs des meubles. Tout était silencieux. Les chiens rêvaient en plissant les yeux. Je pensai à Humphrey, seul dans la nuit de ma chambre, et une vague de froid me coula le long du dos. J'aurais bien aimé l'avoir là, sur les genoux, près du feu, mais le savoir là-haut, hors d'atteinte au-dessus de ma tête – je n'avais aucune envie de monter cet escalier noir –

lui conférait une dimension inquiétante, comme si sa présence féline s'était mise à hanter l'étage supérieur. Je réveillai Charlie. Il fallait que ce chat descende de là-haut. Nous nous mîmes à monter dans l'ombre.

J'évitai de regarder derrière moi. On croit toujours, dans l'obscurité, être suivi par quelqu'un, ou quelque chose. Comme quand j'étais petite, je me surpris à penser : « plus tu crois que quelqu'un, ou quelque chose, te suit, plus ce quelque chose va se matérialiser dans ton dos ». Et je sentais la densité de cette ténébreuse chose fluctuer derrière moi, suivant que ma raison, ou mon angoisse, prenait le dessus. Je secouai les épaules. Arrivée devant la porte, je jetai un coup d'œil derrière moi. Rien. L'ombre. Je respirai un grand coup, et ouvris brutalement, crispée comme si une créature de la quatrième dimension devait me sauter à la gorge. Charlie s'engouffra dans la chambre, et j'attendis d'en voir jaillir Humphrey.

Charlie eut l'air aussi surpris que moi. J'eus beau fouiller, appeler, il n'y avait pas de chat dans la pièce.

Je me mis à réfléchir. Un chat, ça n'ouvre pas les portes. Un chien, soit. Charlie. Mais pas un chat, fût-il le chat de Stéphane. Je sentis la panique monter. Tout ça était ridicule ! Où était-il, ce sale chat ? Où se cachait-il ?

Tout à coup, Charlie se tourna d'un bloc vers la porte, et grogna. Je vis alors Humphrey pénétrer dans la chambre, lent, digne, la queue impérialement droite, l'air pas concerné du chat de Kipling. Je sentis un rire nerveux me monter à la gorge. Il faudrait que je demande à Stéph si son chat savait ouvrir les portes. Évidemment, dans notre grand match Charlie contre Humphrey, il me soutiendrait que oui, le lascar…

Je redescendis, tenant les deux monstres à distance l'un de l'autre. Je décidai de rester calme, tout à fait calme. Qu'est-ce qui me prenait, à la fin ? Une grotesque tempête suffisait donc à me faire perdre mes moyens ? J'allai dans la cuisine me faire du thé à tâtons. Ça me fit rire. Humphrey s'était à nouveau juché sur l'armoire. Tout me faisait rire.

C'est alors que je l'entendis. Le coup contre la porte. J'éclatai de nouveau de ce sale rire nerveux. Ça n'était plus une farce, c'était la caméra invisible ! Voilà qu'en pleine tempête, en pleine nuit, dans un chalet isolé, on frappait à la porte d'une romancière impressionnable ! Non, on n'avait pas frappé. Une branche. Non, les sapins étaient trop loin. Une branche arrachée, projetée par le vent. Non, ça aurait fait plus de bruit. Quelqu'un ? Qui se serait baladé par ici en pleine nuit ? « ON ». Jamais encore aussi indéfini.

Mais ça recommença. Trois coups, trois petits coups brefs mais insistants, le bruit exact d'une phalange contre une porte, le signal de quelqu'un qui veut ENTRER.

Et cette volonté, là, derrière ma porte, me tétanisait. « Charlie ! » Il vint tout contre moi. Il grognait. Humphrey, toujours sur l'armoire, avait le pelage hérissé. Les deux épagneuls, la queue basse, les oreilles couchées, semblaient aussi inquiets que moi. Je m'appuyai contre la cheminée ; j'avais peur.

Alors, ça refrappa. Et puis « Ouvrez ! Ouvrez s'il vous plaît. J'ai froid ! Ouvrez ! »

C'était, à n'en pas douter, une voix. Une voix tout à fait normale, même si je ne savais pas très bien ce que j'entendais par là. Une voix féminine et grelottante, saccadée, angoissée. Je ne sais pourquoi, savoir que quelqu'un, de l'autre côté de la porte, avait peur, me rassura. Je m'approchai.

– Qui est là ?

Je me sentis ridicule.

– S'il vous plaît, ouvrez-moi ! Je suis à skis, je n'arriverai jamais à Ballestres ! Ouvrez-moi, s'il vous plaît !

Entendre le nom du village, entendre la voix de quelqu'un qui connaissait le village, me fit du bien. Je tirai le loquet. La tempête s'engouffra dans le chalet, poussant dans mes bras une petite forme grêle trempée de neige. À ce moment-là, comme dans un film, l'électricité revint.

– *Fiat lux*, dit-elle avec un pauvre sourire bleu.

II

Je l'aidai à ôter ses moufles, son anorak, son pantalon de ski. Un halo de vapeur se mit à émaner d'elle dans la chaleur du salon. Elle riait de se voir là à dégouliner devant la cheminée, comme un personnage de dessin animé démoulé d'un bloc de glace. Elle riait d'un rire soulagé, dénoué, matériel. On riait toutes les deux; et je me sentais bien tout à coup, dénouée moi aussi, dans le chalet comme un bocal de lumière. On était deux, il y avait quelqu'un. Quelqu'un qui parlait, qui riait. Quelqu'un qui avait faim, aussi.

Elle prit un bain chaud à l'étage pendant que je préparai un repas, un repas pour deux personnes. Les trois chiens, qui s'étaient réfugiés dans la cuisine dès qu'elle avait passé le seuil, ne me quittaient pas des yeux. Ils ne m'avaient pas habituée à une telle couardise; la tempête, sans doute, les apeurait. Parfois je les feintais, d'un brusque geste vers la droite, et leurs trois têtes suivaient le mouvement comme à Roland-Garros. J'étais gaie. J'entendais l'eau couler au-dessus de ma tête, le bruit du vent dehors en était atténué.

Au moment où je sortis de la cuisine, les chiens sur les talons, elle apparut en haut de l'escalier – les chiens firent volte-face – dans le gros peignoir brun qu'avait laissé Stéphane. Elle avait peigné ses longs cheveux mouillés, et ses joues avaient repris couleur humaine.

– J'ai pensé que je pouvais le mettre, dit-elle en descendant. Toutes mes fringues sont trempées.

– Vous avez bien fait. On va les mettre à sécher devant le feu.

– C'est vraiment gentil à vous, vraiment gentil. Je n'aurais jamais pu aller jusqu'à Ballestres avec cette tempête. Vous m'avez...

– Sauvé la vie, ouais, on dit toujours ça dans les romans. Asseyez-vous, on va manger. Ça va vous retaper.

Je sifflai les chiens. Ils ne venaient pas et, face à cette étrangère, je me sentis un peu blessée dans mon amour-propre. J'insistai. Charlie s'approcha à contrecœur, la tête baissée, et s'arrêta à bonne distance.

– Vous devez l'effrayer, dis-je en souriant.

– En général, les chiens ne m'aiment pas beaucoup, mâcha-t-elle.

La conversation roulait, sur tout et sur rien. Elle vit ma machine à écrire sur la table basse, et je dus lui expliquer ce que je faisais. Elle prit un air fondu de respect. Mes spaghettis lui plaisaient aussi. Ils manquaient de sel, et je me levai en chercher. Je voulus caresser Humphrey sur l'armoire mais il se déroba, encore tout hérissé. Sale bête. Ma « protégée » le remarqua alors et leurs deux regards jaunes se croisèrent; Humphrey se mit à cracher. Je lui donnai une bourrade. Charlie avait de nouveau disparu. Je posai le sel sur la table, et repartis chercher le chien dans la cuisine. Je dus le traîner par le collier. Je commençais à en avoir un peu assez, de ces bestiaux caractériels.

Pour rattraper la mauvaise impression qu'ils devaient tous donner, je commençai mon très célèbre numéro du chien prodige, fameux dans toute la vallée. « Charlie, allume la cafetière ! » Il bondit et poussa le bouton du bout de la truffe. Je me tournai avec un sourire radieusement niais vers mon invitée, mais elle avait le nez plongé dans ses spaghettis, ses longs cheveux mouillés sur les yeux. Sans cesser de mâcher, elle tendit la main vers la salière et j'eus le temps de remarquer ses ongles incroyablement longs et courbes, de véritables griffes.

Le bide. Je m'empressai de relancer la conversation. Le café était prêt, d'ailleurs. J'appelai Charlie pour qu'il touille ma tasse – histoire de m'enfoncer un peu plus. Sans cesser de fixer l'intruse, il saisit délicatement la cuillère entre ses dents et donna quelques petits tours. Mon invitée ne lui jeta qu'un petit coup d'œil agacé, pour engloutir d'un coup son café sans sucre. À l'idée de toute cette amertume lui dévalant le long du gosier, j'avalai avec effort ma salive et me levai pour faire la vaisselle. Drôle de bonne femme. Elle m'énervait, à la fin, avec sa mine pointue! Si mes bestioles ne lui plaisaient pas, elle n'avait qu'à s'en retourner d'où elle venait, dehors, dans la nuit!

Le vent sifflait le long du toit, que j'imaginais déjà lourd de neige. Il me semblait entendre la neige se tasser, commencer à glisser en coulées. Mes nerfs plongeaient dans une masse froide. Une cigarette. Je me souvins qu'il ne m'en restait plus. La skieuse m'indiqua les siennes dans son sac à dos posé devant la cheminée, et s'offrit pour faire la vaisselle. Je fouillai au fond du sac, et en frôlant les bords de toile je sentis un objet dur dans la poche avant. Un objet métallique, plat, et je ne pus m'empêcher de penser à un couteau dans le genre de la scène de l'escalier, dans *Psychose*…

C'est moi qui devenais un peu folle. En randonnée, on a besoin d'un couteau. Aussi bien d'ailleurs n'était-ce qu'un étui en fer-blanc, ou n'importe quoi d'autre. Toutefois, je poussai le sac sous l'armoire.

Je revins vers la skieuse, voulus lui allumer une cigarette – elle avait les mains dans l'eau – mais je m'aperçus que, troublée, j'avais oublié de prendre du feu. Elle essuya ses longues mains dans le peignoir de Stéphane et me dit, en se dirigeant vers l'armoire :

– Bougez-pas, j'en ai dans la poche de mon sac.

Je me retournai vivement. Au moment où elle se baissait vers son sac, Humphrey lui sauta sur le dos avec un miaulement hystérique. J'eus le temps de saisir le regard que lui jeta la femme avant qu'elle ne l'arrache d'elle par la peau du cou, en plantant ses ongles crochus dans son échine : un regard démentiel, terrible, le même regard fou qu'Humphrey à ce moment. J'étais hypnotisée par la scène, mon esprit comme un paquet de neige. Se redressant, la skieuse tendit imperturbablement le bras vers moi, pour allumer ma cigarette ; je sursautai, et retrouvai mes esprits.

– Je suis vraiment désolée, articulai-je. Ce chat est bizarre. Vous n'êtes pas blessée, au moins ?

Elle me dit que non, que ça allait, qu'elle n'avait rien. De ne pas m'inquiéter. Que les chats ne l'aimaient pas beaucoup non plus. Je m'excusai encore et m'emparai d'Humphrey pour monter l'enfermer dans ma chambre.

Je n'eus pas le cœur de le gronder. Il était complètement affolé, je sentais son cœur battre contre mes doigts. Je m'assis sur le lit. J'étais soulagée de sortir un peu de l'atmosphère de cette femme. Tout à coup, sa présence me pesait. Et ce regard… Je tentai de me persuader que j'avais rêvé. Ces yeux jaunes. Exorbités. Elle était folle, complètement folle. Pourquoi le chat l'avait-il attaquée ? Et pourquoi l'avait-il regardée comme ça, lui aussi ? Et de quoi Charlie avait-il peur ? Une femme qui a ces ongles et ce regard peut fort bien cacher un couteau dans son sac, et s'en servir. Qui sait si elle ne m'attendait pas, dans l'ombre, en bas de l'escalier, avec son grand couteau levé au-dessus de sa tête ?

Je respirai à fond, et fis quelques pas en tirant de longues bouffées. Surtout, ne pas délirer. Depuis que cette tempête avait commencé, il me venait de drôles d'idées.

Humphrey avait l'air de s'être calmé. Je le caressai un peu, évitai son regard, et le laissai seul dans la chambre après avoir fermé, ce coup-ci, à clef. Je gardai la clef sur moi. Au moindre signe suspect, j'emmènerai la femme en 4×4 jusqu'à Ballestres. Il y avait un hôtel. Je descendis l'escalier marche après marche.

Elle était assise près de la cheminée, les jambes croisées, à fumer en contemplant les flammes. Je lui dis d'un ton badin, en lui montrant la clef, qu'Humphrey ne l'embêterait plus. Elle me remercia sans quitter le feu du regard. Je posai la clef sur la cheminée. Je restai debout, mal à l'aise, sans rien trouver de plus à lui dire. Sa présence immobile emplissait le salon. Je me secouai et partis vérifier si, du côté des chiens dans la cuisine, tout allait bien. Dès qu'ils me virent, ils se mirent à gémir, à tourner sur eux-mêmes – même Charlie. Je sentis mon inquiétude croître et cela me mit hors de moi. Je frappai bêtement Charlie sur le crâne et retournai dans le salon.

– Vous voulez un peu plus de café?

Elle tourna lentement la tête vers moi, les yeux toujours rivés sur les flammes, puis son regard suivit et elle planta dans le mien deux prunelles jaunes, larges, comme irradiées par les flammes. Un regard de dingue. Un regard de démente.

– Je veux bien, dit-elle doucement.

Je remplis sa tasse, la cafetière à bout de bras. Derrière le mur de la cuisine, Charlie se mit à hurler à la mort, immédiatement suivi par les deux épagneuls. Le visage de la randonneuse disparut derrière ses longs cheveux. Je bondis dans la cuisine : « Vos gueules, bon Dieu, vos gueules ! Arrêtez ça de suite ! » criai-je à voix basse, paniquée. Les chiens s'assirent en gémissant. Je les haïssais. Je revins au salon, à bout de nerfs.

Elle avait déjà avalé son café et allumé une autre cigarette, elle avait déjà repris son attitude contemplative face aux flammes.

– Je vais vous descendre à Ballestres, dis-je le plus calmement possible. Ne croyez pas que je vous mette dehors, mais maintenant que vous êtes réchauffée...

– Je ne connais personne, en bas, répondit-elle après un temps.

Je fixai intensément le coin du tapis.

– Il y a un hôtel. Moi, je dois travailler. Je peux vous avancer l'argent, si c'est un problème.

– Ce n'est pas ça... Mais la route ?

– J'ai un 4×4, rétorquai-je, plus sèchement que je n'aurais voulu.

Elle se leva avec lenteur et prit en grimaçant ses vêtements devant le feu. Qu'est-ce qu'elle croyait, que j'allais regretter sa compagnie ? Il fallut encore qu'elle monte se changer. J'enfilai ma doudoune, mes bottes, sifflai Charlie qui ne vint pas et ouvris la porte, étonnée d'être à ce point hors de moi. J'eus du mal à la refermer tant le vent était violent. J'avançai en baissant la tête, jusqu'au garage, m'enfonçant jusqu'aux genoux dans la neige accumulée. La fureur de la montagne me calma un peu; me battre contre le vent me faisait du bien.

Je garai le 4×4 devant la porte du chalet. Elle n'était pas encore descendue. Je tentai de traîner Charlie jusqu'à la voiture mais, comme s'il avait compris qu'« elle » allait venir avec moi, il refusa. Dès que je le lâchai, il repartit dans la cuisine. Trente kilomètres seule avec elle. Je chargeai ses skis et restai à la porte, laissant le vent et la neige s'engouffrer dans le salon. Je me sentais soudain épuisée, incapable d'affronter à nouveau la randonneuse. Qu'est-ce qu'elle faisait, à la fin? Je pensai avec un choc d'adrénaline à Humphrey, LÀ-HAUT, mais je vis la clef sur la cheminée. Tout allait bien. Je fus soudain tentée de la laisser là, chez moi, et de partir seule à Ballestres, de fuir. Mais elle descendait déjà l'escalier, elle avançait vers moi, elle tendait la main vers son sac, elle le passait déjà sur son dos. Comme elle montait dans la voiture, je jetai un coup d'œil dans le salon. Tout semblait en ordre, les chiens revenaient lentement à leur place devant le foyer. Je fermai la porte.

Nous nous mîmes en route.

III

Le 4×4 avançait bravement. Ma passagère commentait laconiquement le paysage désolé, je l'écoutais avec impatience. Quand elle plongeait dans son sac pour prendre des cigarettes, je me collais contre la portière. Nous mîmes une heure à atteindre Ballestres, et quand je vis enfin les lumières du village, il me semblait que le voyage en avait duré le double. Je la déposai devant l'hôtel, la laissai se confondre en remerciements, et garai mon 4×4 devant le seul café du village, « chez Gégé », qui était encore ouvert. Je poussai la porte pleine de buée et pénétrai dans la chaleur. Le café était bondé, des gens en vacances qui venaient de la station de ski, des gens jeunes avec de gros pulls jacquard, les joues et le nez tout rouges – on était en début de semaine –, des gens qui bavardaient, assis autour des tables ou debout au bar avec Gégé.

Quand il me vit, il me fit un clin d'œil, et je m'approchai, toute réchauffée.

– Dis donc, la Mirgue, ça te réussit pas, ta littérature! T'as vu la tête que t'as?

Dans la glace derrière lui, je vis une espèce de spectre blanc tirant sur le vert, les joues marbrées de mauve, les yeux auréolés de bleu, immenses.

– Pfouh!... Il m'est arrivé une de ces histoires!

Il me servit d'office un cognac et je me mis à lui raconter. À mesure que j'avançais dans mon récit, je voyais les petits yeux de Gégé s'allonger, de plus en plus hilares, ses énormes joues plates se plisser, ses oreilles se pencher vers l'arrière, et je me mettais à douter moi-même des événements de la soirée. J'avais chaud, Miles Davis cuivrait l'atmosphère, j'étais au milieu de gens joyeux, qui bougeaient, qui transpiraient, qui faisaient du bruit, qui retiraient leur pull en renversant un verre et découvraient des tee-shirts *Try it stoned*, et je me disais que moi, là-haut, toute seule, je commençais à prendre mes fictions pour des réalités, à devenir un peu « bredine », comme disait Gégé, qui se mit à m'enguirlander, à me soutenir que ça n'était pas sain, pour une pincupe comme moi, de vivre toute seule avec des chiens auxquels je filais moi-même la pétoche, que j'en étais à flanquer les gens dehors par cette pelante, que cette pauvre bonne femme – sûrement une Parisienne – avait très bien pu se paumer dans la forêt, et que ça n'était pas elle mais moi qui étais à enfermer, « t'es complètement pec, ma pauvre Mirgue! ».

Patrick et sa femme s'étaient approchés, ils avaient leur chienne labrit, Fauvette, et nous nous mîmes à plaisanter sur Charlie, dont l'absence les étonnait. Je me demandais comment il allait, là-haut, terrorisé par la tempête entre ces deux poltrons d'épagneuls. Le sommeil, dans cette chaleur, commençait à m'engourdir, alors je dis au revoir aux copains – à qui Gégé racontait mes frayeurs et qui n'avaient pas fini d'en rire – et repartis, gaillarde, vers mon chalet, doux chalet.

Le 4×4 gravissait lentement le col en lacets. Je me sentais bien. La tempête ne s'était pas calmée, elle avait déjà effacé les traces de mon voyage aller, et je la savourais, au chaud dans la voiture, avec la perspective hydrophile de mon lit, je savourais les longues lames de vent contre lesquelles tanguait le 4×4, je savourais tout ce froid au-dehors. Je rêvais. Je dormais presque. J'avais encore les oreilles chaudes de la chaleur du bar et du cognac, et non plus brûlantes de froid. En ce moment, la randonneuse dormait, dans un lit d'hôtel. J'avais un peu honte.

Le 4×4 gravissait lentement le col en lacets. J'étais aux trois quarts du chemin. Les bas-côtés de la route étaient noirs d'ombres sous les sapins. Après le paravalanche, on entamait une longue ligne droite avant d'accéder à l'aire où était construit le chalet. Et là, je la vis. Là, devant, petite au bord de la route, glissant rapidement sur ses skis dont la trace brillait dans le faisceau de mes phares ; je la voyais, glissant de dos, dans un ample mouvement de bras et de jambes. Quand mes phares la frappèrent elle se retourna et à nouveau, la dépassant, je vis ce regard jaune et fou, écarquillé dans un rictus qui soulevait la bouche et les sourcils. Je sentis mes cheveux se dresser sur ma tête : ils se dressaient vraiment, comme dans les films, je le constatais dans le rétroviseur d'où elle, la randonneuse, avait déjà disparu, disparu dans l'ombre, ou disparu tout court. Je me mis à haleter de terreur, appuyai sur l'accélérateur, incapable de me contrôler, garai ma voiture sur l'aire, dans la neige, courus tant bien que mal jusqu'au chalet, ouvris violemment la porte.

J'avais laissé la lumière allumée. Tout baignait dans une chaleur dorée et silencieuse. Je fermai le loquet derrière moi. Les trois chiens semblaient paisiblement couchés devant les braises, sur le tapis de laine. Mon ventre et ma gorge restaient noués. Je m'approchai, Charlie se leva et vint me lécher les mains, suivi des deux épagneuls. Encore une fois, je ne savais plus si je devais croire à ce que j'avais vu, je ne savais plus si je l'avais vue, la randonneuse, si j'avais bien vu ce regard impossible. Matériellement, elle n'avait pas eu le temps de monter le col à ski pendant que j'étais chez Gégé ; surtout dans l'état d'épuisement où elle était, et dans cette tempête. C'était même une idée complètement folle – s'il fallait plus d'une heure en 4×4, il en fallait bien trois ou quatre à skis de fond ! Mais surtout, pourquoi serait-elle remontée ? Pour quelle raison, dans quel but ? Je sentis de nouveau la terreur me broyer. Non, j'avais dû rêver. Surtout ne pas laisser filer mon imagination. Monter me changer, enfiler un pyjama chaud, me coucher. Je me tournai vers l'escalier, posai les yeux sur les marches... je poussai un hurlement : une large traînée de sang maculait l'escalier tout du long.

En une seconde, je fus en haut. La porte de ma chambre était grande ouverte, la clef gisait sur le parquet, Humphrey avait disparu. Je partis d'un rire dément. C'est impossible, impossible. Je suis folle. C'est le chat. Il l'a attirée ici. Non. Elle l'a tué. C'est le diable. Qui le diable ? Le chat ? Elle. Elle a les yeux du diable. Lui aussi. C'est moi. Ils veulent me tuer moi. Ou me rendre folle. J'avais dévalé l'escalier, je suivais le sang, j'étais entrée dans la cuisine. Humphrey était étalé sur le carrelage, dans une mare de sang mêlé d'eau – l'écuelle des chiens était renversée – la gorge complètement arrachée, le cou béant. Je tombai à terre. Je n'y comprenais rien, je n'arrivais pas à penser. Je sifflai les chiens. J'entendis le bruit précipité de leurs griffes sur le parquet du salon mais, sur le pas de la porte, ils s'arrêtèrent net et fixèrent le chat en tremblant. Quoi ? Ils n'allaient pas me faire croire qu'ils ne s'étaient aperçus de rien ? Je traînai violemment Charlie devant le cadavre d'Humphrey – les deux autres chiens refusaient obstinément d'entrer. Charlie gémissait, les oreilles couchées, puis grognait en montrant les dents. Je n'arrivais pas à discerner s'il avait peur du cadavre – il agissait comme devant la randonneuse – ou s'il avait peur de moi, de ma réaction, comme s'il était coupable. Je me demandai alors si Charlie, avec tous les tours qu'il connaissait, était capable d'ouvrir une porte fermée à clef. Tout de même, faire la relation entre l'objet posé sur la cheminée – il était assez haut sur pattes pour pouvoir l'attraper – et la porte de ma chambre... Je saisis sa gueule et inspectai ses dents ; il n'y avait aucune trace de sang. Je songeai qu'il avait pu boire dans l'écuelle, son forfait accompli ; mais elle était renversée, l'eau mêlée au sang. L'avait-il renversée ENSUITE, pour ne pas que je puisse vérifier si l'eau était rougie ? Oh, je délirais de plus en plus. Même s'il haïssait Humphrey, c'était un clown, ce chien, pas un assassin machiavélique !

Je me penchai sur la blessure du chat. Le bord dentelé de la plaie pouvait aussi bien être une marque de dents qu'une marque de griffes. C'était comme si on avait saisi à pleine mâchoire – ou à pleine main – la peau de son cou et qu'on avait tout arraché. Je chassai cette idée de ma tête. J'avais envie de vomir. La cuisine tournait. Me coucher. Me coucher et dormir.

Je crus que mon cœur s'arrêtait. « On » avait frappé, mais cette fois-ci je savais qui était le « on ». Les chiens se mirent à aboyer. La randonneuse. Ça ne pouvait être qu'elle. Et j'entendis le « ouvrez, ouvrez s'il vous plaît ! », comme un film qu'on repassait, un cauchemar qui se répétait. Ma peur décuplait.

– Ouvrez s'il vous plaît! Je sais que vous êtes là! Ouvrez! L'hôtel est fermé!

N'importe quoi, pensai-je avec une soudaine froideur. Et comment aurait-elle pu remonter si vite?

– Je suis montée avec l'équipe EDF, jusqu'au dernier pylône. Ouvrez!

Mon cerveau se mit à tourner à toute allure. D'abord, si elle avait demandé au village, n'importe qui l'aurait logée, surtout si elle avait dit qu'elle venait de chez moi. Et pourquoi n'avait-elle pas eu l'idée de passer au café? Mais, d'autre part, si l'équipe EDF se trouvait effectivement au dernier pylône, celui qui donnait sur l'autre versant, il était normal que je ne les aie pas vus. Pourtant je n'avais aperçu aucune trace de pneus. La neige tombait-elle si dru qu'elle pouvait effacer des traces toutes récentes, comme elle avait effacé celles de mon premier voyage?

Elle fit claquer ses ongles contre la porte en bois.

– Vous m'entendez?

Ses ongles, ses horribles ongles... Non, elle n'entrerait pas. Elle n'était sûrement même pas là, à parler derrière la porte. Je rêvais. J'allais me réveiller. Et de toute façon, si elle n'était pas humaine, ou que sais-je, moi, qu'avait-elle besoin de dormir au chaud? Et puis je n'en avais rien à faire, rien à faire qu'elle crève là dehors, contre ma porte!

– Mais ouvrez! Ouvre-moi! Qu'est-ce qui te prend?

Et elle se mit à gratter, comme un chat. Les chiens hurlaient.

Je grimpai jusqu'à la salle de bains, fourrai des boules Quies dans mes oreilles, avalai deux somnifères qui m'assommèrent tout de suite. Dans une sorte de demi-rêve, je lavai l'escalier, mis le cadavre d'Humphrey dans le cellier, en me demandant vaguement comment j'allais pouvoir dire à Stéph que mon chien avait tué son chat, et finis, épuisée, sur le lit de ma chambre, les trois chiens autour de moi.

Le lendemain matin, quand je me réveillai, la tempête avait cessé. J'ouvris les volets, et un soleil liquide, aveuglant, se déversa jusqu'à mon lit. La montagne était immaculée, poudreuse et cristalline, sous un ciel d'un bleu glacé. Rien ne bougeait sauf, parfois, des branches de sapin qui se redressaient comme des ressorts. Je descendis ouvrir tous les volets. Charlie trouva rapidement sa place devant la grande baie du salon, qui formait un écran de lumière blanche, torride. J'avais la bouche un peu pâteuse, mal à la nuque, les idées pas claires – une vraie gueule de bois. Je me fis du thé, pris une douche. Je marchais pieds nus dans le chalet, sur le parquet clair, dans le peignoir de Stéph, et tout me revenait peu à peu à l'esprit. Cette histoire... un sinistre cauchemar. Je clignais des yeux dans les rayons de lumière ; à chaque fenêtre, de tous mes pores, je happais le soleil. Rien, dans ma maison, ne

179

suggérait plus la visite de la veille. Pourtant je savais, sans le croire, qu'elle avait bien eu lieu, de la même façon que, je le SAVAIS, derrière la porte du cellier il y avait le cadavre d'un chat, du chat de Stéph.

Je n'avais plus de cigarettes, je m'en souvenais maintenant, au goût acide qui me montait du ventre. Incroyable que je n'aie pas pensé à en prendre chez Gégé. Et le 4×4, je le SAVAIS aussi, était garé dehors, sur l'aire, où je l'avais laissé.

Il était recouvert de neige. Elle était si légère que je dégageai le pare-brise à mains nues. Je partis. Je descendis le col vierge de toute trace. Et puis, à mi-parcours, en travers de la route, un monticule de forme allongée. Je m'arrêtai. Je savais. Je dégageai la neige, comme j'avais fait pour mon pare-brise. C'était le cadavre de la randonneuse. Elle était morte de froid. Je l'avais laissée dehors et elle était morte de froid. Je la soulevai par les épaules. Une de ses mains glissa hors de la neige. Ses ongles étaient noirs de sang caillé.

(1988)

PLAGE

Mot calme, que le mot *plage*; ample et court à la fois : le *a* s'allonge, le *g* chuinte... la bouche prend le temps de former la syllabe qui s'étale, *plage*... Plage de temps, respiration, mer touchant terre, et glissant jusqu'à nos pas qu'elle efface... Nostalgies, amours perdus, clichés qui s'écrivent sur la page très tôt reconnue des plages.

Au début il y a les marins, ceux qui cherchent les toisons d'or ou s'égarent chez Calypso. Il y a les rois et les guerriers, qui traversent pour les yeux d'une Hélène des mers minuscules. Au début encore, il y a les terriens : ceux pour qui la mer n'existe pas, ceux pour qui la plage n'est que la bordure des terres agricoles, un endroit traître et stérile, où parfois s'échouent des sirènes.

Ce temps-là dure longtemps. Puis il y a les explorateurs aveugles, qui prennent l'inconnu pour le connu, parce que leurs découvertes, Indes, peuples, espaces, sont trop inouïes.

Plus tard, les côtes stabilisent leur tracé dans un monde plus grand. Les récits se prolongent. On s'avise que la mer est belle. Des jeunes gens grimpent sur des rochers, aiment le vent et la tempête et gréent leurs poèmes de métaphores : leur âme est le flot tourmenté, leur exil celui de l'albatros, *homme libre toujours tu chériras la mer.*

Le temps des bains de mer vient tout de suite après, cabines et costumes à rayures. Un monsieur très bien invente Balbec et les jeunes filles en fleur. Ensuite, c'est la mer qui devient plus petite, de plus en plus petite après qu'on trace ses ultimes frontières, Australie, Antarctique ; et puis un jour, on la voit depuis l'espace.

On alunit, la planète est bleue, et on nomme d'autres mers : mer de la Tranquillité, mer des Tempêtes, au bord desquelles – sèches et désolées – un cosmonaute au nom de jazzman inscrit des pas ineffaçables.

Et plus tard encore, plus loin, on espère des mers martiennes, on attend de prendre pied sur une plage rouge, pierreuse et glacée.

Le vent stellaire, paraît-il, y souffle fort. Y percevra-t-on le son terrestre des ritournelles, *les amants désunis, quand vient la fin de l'été, on the beach*... ? Beignets abricot et chichis chauds, monoï, coups de soleil, maîtres nageurs et premiers baisers, et les épuisettes remplies de bigorneaux...

C'est difficile, de voir la plage, de voir le sable et la mer : de les dénuder de notre histoire, de notre humain va-et-vient, de nos poèmes et de nos parasols. On pose la glacière et on s'étire, on attend trois heures pour la digestion, on s'enduit de crème, on regarde le corps des hommes et le corps des femmes, on admire les surfeurs, on déplace sa serviette avec l'exactitude d'un cadran solaire.

On peut aussi attendre la saison creuse, les mains dans les poches du ciré, avec au cœur un violent sentiment de vacance et de luxe, d'être là quand plus personne n'y est, sous le vent gris, face aux flots vides, sur les jetées désertes... La plage est un long croissant pâle au pied d'immeubles fermés ; la mer blanche, indifférente, roule un amas de sable et d'algues ; les vitres du casino désert sont opaques de buée, les embruns volent avec le vent.

J'ai six ans, c'est la plus belle plage du monde, et la seule. Deux créatures m'accompagnent : l'une est haute et massive, la voix grave, un peu effrayante ;

l'autre est plus petite, mèches au vent, la voix chan-
tante : mon père et ma mère, dont la fonction, semble-
t-il, est de me raconter des histoires. Un arrière-grand-
père baleinier qui se battait contre des monstres
– Terre-Neuve, plein Ouest. Un autre, chauffeur de
maître, Biarritz première époque : le palais de l'Impé-
ratrice, et puis les Russes blancs, l'église orthodoxe à la
coupole dorée. Et aussi ma grand-mère, ramendeuse
de filets. Ma mère évoque, hugolienne, les mains ron-
gées de sel, les femmes en larmes autour des chaluts,
les yeux brûlés par les méduses...

La plage est mâle et femelle, cambouis et crino-
lines, abysses et cachalots. Dans l'enfance et sur la
plage, lieux conjugués, s'apprennent les limites et les
limites des limites : leur incertitude, le doute. C'est
la plage qui, grain par grain, donne aux enfants leur
première idée de l'infini. Les repères se déplacent,
marée haute et marée basse ; algues, bois flotté ; os de
seiche, bouteilles en plastique, coquilles vides et
mouettes. La plage résiste à ce que je sais du monde
terrestre : le passé et le présent, la vie et la mort, le
masculin et le féminin ; puisque ni le sable ni l'eau
n'ont d'âge, puisque tout se mélange, bord de l'eau
et bord du sable ; les semences flottent au hasard des
vagues et les épaves servent de jouets, les algues
échouées sont vivaces. L'univers est mouvant, indécis
mais stable. Déjà je suis à ce rendez-vous, la mer,
toujours présente et toujours différente, et les chan-
sons recommencent...

L'enfance, donc, et sa géographie minuscule.
Maman les p'tits bateaux qui vont sur l'eau ont-ils des
jaaambes... Je patauge en bottes jaunes entre les
rochers. Les crevettes ne sont pas roses, elles sont
transparentes, leçons d'anatomie dans l'eau : un
intestin noir, une artère violette, un cerveau mauve,
des yeux en épingle et une carapace molle, si translucide que seul le doigt la rend perceptible autour de
ce nuage de corps. Les bernard-l'ermite sont aussi
cocasses que leur nom, pointus, pattus, pompons
d'antennes et de pinces. Quand leur coquille est trop
petite, ils doivent en chercher une autre, comme
dans un conte aquatique où un chevalier sans armure
grandirait d'épreuve en épreuve : le temps de ce
périple, nus au fond de la flaque, ils sont moins que
des crabes, à peine plus que des crevettes. Les étoiles
de mer sont rares et précieuses sous le climat de mon
enfance, tordant curieusement leurs bras géomé-
triques, pour devenir, non plus décoratives, mais
vivantes et inquiétantes, bouche vorace, estomac
sous la beauté. Les anémones se balancent sous l'eau
immobile (quelle volonté, quels muscles les
animent?) et les oursins fluorescents ont des piques
violettes.

Ce bestiaire vit sous des miroirs d'eau sur lesquels glissent les nuages. On plonge un doigt et hop,
les lois de la physique, merveille, découpent le ciel en
cercles concentriques où passe en diagonale, pas

concerné, un crabe... Une étrille brandit ses pinces dérisoires, elle dix centimètres, moi un mètre dix, un mètre trente, un mètre soixante-dix : elle me tient tête, que je sois enfant ou adulte, mouette ou pélican. *Ils tirèrent à la courte paille pour savoir qui qui qui serait mangé pour savoir qui qui qui serait mangé ohé ohé...*

Telle année les rochers sont à nu, telle autre année ils disparaissent sous le sable ; car la mer, métaphysique et ruminante, a deux estomacs : elle dévore ou recouvre, dans un sens ou dans l'autre, d'une saison à l'autre, entre deux digestions énormes de ses marées ; et cela indifféremment, dans sa méditation d'entre-deux-rives, et son écume se balance avec langueur. Les habitants des côtes, plus ou moins gratifiés, datent ainsi les événements humains : c'était l'année où le sable est monté jusqu'aux grottes ; c'était l'année où la houle a cassé le ponton ; celle où la *Marie-Jeanne* a coulé avec Pierre... Ainsi, par le désastre ou l'anecdote, les hommes mesurent le temps, et la plage fait sablier.

On se souvient de la marée noire, et dix ans après, sous un rocher renversé, on trouve encore la croûte immonde. On se souvient de l'année des méduses, la saison touristique ratée et les rumeurs de crimes parfaits... Et l'hiver où s'échoua la baleine, quand nous, l'école primaire, dûmes pendant des jours arroser cette agonie, en pleurant et vomissant sous le joug d'une écologie débutante... Tel départ, tel retour : le temps de la plage est un temps granuleux, une autre horloge, un autre rythme que celui des récoltes ou du corps. C'est de minute en minute que le sable, sous le ciel changeant, change de couleur, comme les Vierges que ma grand-mère rapportait de Lourdes... Et c'est par grands mouvements séculaires que les dunes avancent, mangent les pins et parfois les maisons, puis disparaissent, happées par les vagues ou le vent, vers le désert.

L'enfance de ma mère s'est déroulée près d'une plage que l'on appelait *la Réserve*; mal nommée, puisqu'elle n'existe plus. Un matin, ma mère descendit jouer, mais la plage avait disparu : il ne restait que des rochers, jamais vus, neufs et noirs sous le jour éberlué. La plage était partie sur une vague. Il existe ainsi des plages imprévisibles, tournantes, de côte en côte. Les municipalités tentent de les retenir à coups de digues ou de bulldozer, mais elles maraudent sous la mer, et ne se fixent que pour une saison, le temps que se bâtissent les baraques à frites. Bons baisers d'ici ou d'ailleurs, *nous-z-irons-z-à-Valparaíso...*

Un ras de marée miniature avait détruit, facétie de Saint-Sylvestre, le dancing à colonnades où ma grand-mère allait s'amuser. Il en reste trois colonnes et un parapet, et de vieux airs sans intérêt, démodés absolument, mais qui sonnent parfois entre deux tamaris les jours de grand vent. Et dans l'indifférence énorme de sa masse, la mer demeure au bord des plages, avec des sas où les courants bataillent, Gibraltar, Magellan, Aden, cap Horn... De latitude en longitude, elle monte et descend sur l'amnésie du sable. *No hay quien pueda, no hay quien pueda, con la gente marinera...*

D'année en année la falaise s'effondre. Des maisons y étaient, qui n'y sont plus. Je me souviens qu'elles avaient de grands jardins, puis des jardins moyens, puis des petits jardins, puis plus de jardin du tout ; dans le même temps elles se vidaient de leurs habitants. Ces bernard-l'ermite humains faisaient leurs valises après avoir lutté dans des travaux perdus d'avance : les plaques de béton qui rafistolaient la falaise glissaient à la première pluie. Alors les limousines s'en allaient, vers des maisons aussi belles et plus sûres, loin, en bord de lagons. Sur la côte on riait, c'étaient des riches. Après leur départ, le spectacle continuait, tranquillement on regardait tomber les maisons. *No hay quien pueda*, il n'y avait rien à faire.

Imaginez : la plage, calme et plane, étendue sous les ombres des promeneurs. Longues jambes noires, ombres de chiens courant après des ombres de bâtons. Phare couché très loin, mouettes démesurées balayant d'une aile la ville. Et d'un coup, tout s'immobilise. Le chien se raidit, le phare se tend, et le bâton lancé fait une virgule au ciel. Alors la falaise se fend en deux : un gros bloc se détache, explose silencieusement sur la plage ; et lorsque le bruit, mat et sablé, cogne enfin aux oreilles, c'est que la pellicule s'est remise à tourner, aboiements, exclamations, affolements d'oiseaux, rire de ma mère, désordre et cinéma des souvenirs d'enfance.

Un laboratoire de biochimie marine nous a fourni la formule de la composition du sable : à proportions inégales, eau et terre mêlées, falaise, maisons cassées, cendres, bigorneaux pilés, dents de lait, débris de verre et de plastique, nodules métalliques, micrométéorites, os et or, salive, sel et sperme, algues fossiles et algues humides, rivière et mer, fragments de pyramides, bouts d'OVNI, feuilles d'arbres et pages de livres, papiers gras, guano, plumes et mousse, plomb, quelques molécules de Notre-Dame-de-Paris (apportées par le vent) et plusieurs milliards de molécules de son calcaire originel, écailles de poisson, bactéries et virus, carbone et eau qui se retrouveront dans quelques futurs êtres humains, puces électroniques, ongles, poils, cils, écorces d'orange – et silice évidemment, beaucoup de silice, mais de la silice, qui se soucie ?

(2000)

ISABEL

La fille de Don Juan-Baptista Arrantxaga de Guadalupe est rentrée à la maison. Sa mère la serre longuement dans ses bras. Le frère et le père se tiennent un peu en retrait, droits et dignes, pour que toute la rue puisse voir comment Doña Arrantxaga de Guadalupe serre longuement sa fille dans ses bras. Puis la famille disparaît dans la maison, et la bonne ferme la porte, en jetant un regard sur l'extérieur. On voit seulement le petit éclat blanc de son tablier qui rétrécit d'un coup et reste un temps sur la rétine, quand le panneau de la porte claque dans ses montants.

La fille de Don Juan-Baptista est assise dans le grand fauteuil que sa mère utilise, d'ordinaire, pour lire ou broder. Un châle couvre ses épaules, une couverture ses genoux. Son regard est fixe. Les ophtal-

mologues de l'hôpital sont formels : aucune lésion
n'empêche Isabel Arrantxaga de Guadalupe, la fille
de Don Juan-Baptista, de recouvrer la vue. Pourtant
Isabel continue de se plaindre. Il y a des progrès,
mais ils sont très lents. Ses yeux se mettent à pleurer
dès que la lumière est trop forte, et pour cette raison,
on maintient le salon dans la pénombre. Sa mère ne
pouvant plus ni lire ni broder, mais ne voulant pas
qu'Isabel reste seule, se tient la plupart du temps
dans l'antichambre, dans la lumière du vitrail, un œil
sur son ouvrage, l'autre sur Isabel, guettant le
moindre signe d'un mieux. Isabel pourrait porter des
lunettes noires, et sa mère travailler à ses côtés dans
la lumière, mais Doña Arrantxaga de Guadalupe
veut voir les yeux de sa fille. Tous les jours désormais
elle cherche à retrouver, dans ce visage et dans ces
yeux, son Isabelita d'autrefois.

Isabel écoute les pages tourner dans l'antichambre, ou l'aiguille piquer le tissu, le fil qui siffle à
travers les mailles, et la respiration régulière de sa
mère. Il est cinq heures quand le pas de la bonne se
fait entendre, les tasses et la théière tintent sur le pla-
teau en argent, la porte de la cuisine bat au fond du
couloir. La pendule rend maintenant ses six coups.
Dans deux heures les hommes descendront, déplie-
ront leur journal, la bonne versera les apéritifs. On
allumera les lampes électriques et Isabel sera autorisée à mettre ses lunettes noires.

Par un étrange phénomène, quand Isabel met ses lunettes, la maison semble s'emplir de bruits. Don Juan-Baptista demande à la bonne de le resservir en vermouth, sort un mouchoir et se mouche. Le fils, Federico, soupire, un objet tombe que la mère ramasse, sa chaise grince. La télévision s'allume, mais Isabel sait qu'on l'éteindra avant le journal, contrairement aux habitudes d'autrefois, où l'on mangeait, à neuf heures, devant les informations. Désormais les repas se passent en rendant d'autres sons, les chaises raclent fort le plancher, Federico est muet, le père pose son verre en cognant l'assiette et tousse, le couvercle de la soupière, soulevé par la bonne, rend un claquement de ventouse. Doña Arrantxaga place correctement la fourchette dans la main de sa fille et l'invite à manger. Tout au long du repas, parmi les autres bruits, Isabel entend la phrase qui l'invite à manger. Le docteur a dit, en présence d'Isabel, que des promenades quotidiennes lui ouvriraient l'appétit, mais Doña Arrantxaga ne veut pas que sa fille sorte ; même à son bras. Doña Arrantxaga dit qu'elle a trop peur maintenant.

Federico semble avoir pris l'habitude de se lever avant le dessert. On l'entend qui marche à l'étage, qui téléphone, sa voix parfois traverse la musique qu'il met fort, ses intonations sont virulentes. Federico a changé. Depuis le retour d'Isabel il ne lui a quasiment pas adressé la parole.

Après le repas Isabel est autorisée à monter se coucher. Elle parvient désormais à gravir seule l'escalier, et sa mère l'agace, lorsqu'elle veut la soutenir. Isabel distingue le fin éclat de lumière qui souligne l'angle des marches. Ses doigts frôlent le relief des murs. Elle trouve à sa gauche la porte de la salle de bains. Elle ôte ses lunettes et allume le néon au-dessus du grand miroir. Tout de suite, ses joues se détrempent de larmes. Isabel voudrait voir à quoi elle ressemble maintenant. Elle ose toucher ses seins, elle mesure dans la coupelle de sa main l'avancée du téton, qui surplombe nettement le bord de la paume. Elle s'avance tout près du miroir. C'est froid. Désormais, quand Isabel se tient debout contre le miroir, ses seins s'écrasent. Elle scrute son reflet et voit des taches contrastées qui dansent. Ses joues font de grands aplats et ses yeux des orbites noires. Isabel se brosse les dents. Dans quelques minutes, sa mère viendra lui donner ses cachets et vérifier que tout va bien.

Isabel entend les voix au-dessous d'elle. Sa mère a bordé les draps, ajouté un édredon, l'a embrassée. Ensuite, elle est restée un moment assise sur le lit à côté d'elle. Maintenant Isabel croit l'entendre pleurer en dessous, son père bougonne. Du bout du couloir la musique de Federico jaillit par saccades. Isabel essaie de se souvenir de son frère avant. Il y a une chose qu'Isabel ne comprend pas : si elle ne s'est pas trompée dans le décompte des jours, son frère devrait être à l'université à présent. Son frère devrait être en train d'étudier à cinq cents kilomètres d'ici pour reprendre plus tard les affaires de Don Juan-Baptista.

De sa captivité Isabel ne garde aucun souvenir. C'est la Guardia Civil qui l'a libérée, après, lui a-t-on dit, des mois d'enquête. Ses parents n'ont jamais dit quoi que ce soit de cette étrange période. Isabel aimerait parfois retourner à l'hôpital pour essayer de comprendre, ou être laissée seule avec le docteur qui vient la voir. Mais la plupart du temps, elle se sent si fatiguée, et si occupée de sa fatigue, qu'elle ne pense à rien.

Ses règles sont revenues d'un coup. Doña Arrantxaga lui donne des garnitures. Isabel se réveille la nuit, le drap est gluant et chaud. Les garnitures ne sont pas suffisantes. Dans la pénombre, elle distingue une tache sur le matelas, qui a la forme d'une grande moisissure. Cela semble plus noir que le noir de la chambre. Autrefois, Isabel avait peur du noir. Les ombres bougeaient, l'armoire rampait, la porte battait, un corps long et fluide s'avançait sur elle. Maintenant, elle a peur des bruits. Elle entend craquer la maison. De nuit comme de jour de minuscules phosphènes tremblent en permanence dans ses yeux, éclatent en brandons, en cendres argentées, en fumerolles. Isabel tâte la tache noire sur le drap. Elle voudrait tout nettoyer elle-même, rouler le drap en

boule, l'arroser de javel. Mais la fatigue est acca-
blante. La bonne l'enlèvera sans un mot.

Isabel ne sait plus exactement quand elle dort et
quand elle veille. Le sommeil n'est plus qu'un état
qu'elle cherche, sans jamais tout à fait le trouver. Elle
se retourne dans son lit, elle cherche le centre de cet
état, le centre d'un endroit où elle pourrait se reposer. Elle entend craquer les poutres, se défaire peu à
peu les liens des rideaux, pelucher les sièges. Le
temps passe si difficilement, les heures gouttent avec
tant d'épaisseur, qu'Isabel ne fait pas la différence
entre la longue coulure de ses rêves, et la durée sans
soubresaut de la veille.

Le matin, elle prend seule sa douche, et sa
fatigue, momentanément, se dilue. Elle se lave très
soigneusement, pendant quelques minutes elle se
sent propre. Le savon sent la lavande, ses cuisses
ne tiennent plus l'une contre l'autre, ses doigts ne
sentent qu'une chose plate et insaisissable, qui glisse.
C'est lorsque le savon a complètement fondu que
cette chose redevient fatigante, l'eau pénètre à l'intérieur, les doigts butent et s'enfoncent, un doigt, deux
doigts, trois doigts encore facilement. Autrefois,
cette chose n'était pas creuse. Isabel restait à l'extérieur et la sensation était électrique, brève et
oubliable. Maintenant la sensation demeure, se dis-
sémine à l'intérieur, profonde et ramifiée comme un
arbre ; Isabel est devenue cette grande chose creuse à

l'intérieur d'elle-même, qui demeure, qui donne envie de se laver encore.

Il lui semble qu'autrefois il y avait un peu plus de poussière, un peu plus d'obstacles sur les meubles, que le marbre de la cheminée était moins lisse et moins vide. Elle sait qu'au salon il manque quelque chose sur le buffet, il y avait sur le buffet du salon quelque chose de gros et d'anguleux, de lourd, de doré, elle jouait avec petite et se faisait gronder. Aux mains de sa mère manque aussi quelque chose, des bouts durs, des bagues qui éraflaient, elle ne sent que la peau fine et plissée qui lui tend des objets, la fourchette, les garnitures, qui borde ses draps et la frôle. Les bras de sa mère ne cliquettent plus, à son cou ne pendent plus les chaînes en or. La fourchette du dîner est peut-être moins lourde, elle sonne moins fort dans l'assiette. On entend davantage le souffle de ceux qui mangent, la mastication, les raclements de chaise et de gorge, la déglutition des œsophages, les estomacs qui reçoivent les bolées de nourriture. On entend la maison, les murs et les planchers résonnent, quelque chose ne s'amortit plus, s'est vidé.

On n'entend plus la voiture démarrer dans l'allée puis revenir le soir. Le père sort de moins en moins souvent de son bureau. Federico va et vient à l'étage. La mère brode dans l'antichambre. Isabel écoute dans le fauteuil, hésite entre la veille et le sommeil. Elle distingue de mieux en mieux les variations de la lumière derrière le rideau, qui précèdent comme par nettes tranches horaires les coups de la pendule. Doña Arrantxaga de Guadalupe sait qu'un jour sa fille entendra un mot, qu'un jour elle lira peut-être une ligne, qui lui apprendra le montant de la rançon.

(1998)

NOËL PARMI NOUS

– Tu sais où sont les clés, m'a dit ma mère. Sous la deuxième marche du perron. La glycine a grandi, il faut passer la main dessous.

Ma mère est toujours très précise dans ses indications, surtout pour ce qui concerne la maison de Céranges. C'est notre maison d'enfance, et elle en est restée la reine.

– Ça te fera du bien, m'avait-elle dit, installe-toi là-bas pour quelques jours.

J'étais dans une mauvaise période. Pour tout dire, je n'avais goût à rien. Mon travail me semblait l'antichambre du vide. Je recrutais des gens pour une agence d'intérim. Je voyais défiler les curriculum vitae, tous plus ou moins les mêmes, personnalisés en bas de page par d'inoffensifs passe-temps, violon, tennis, aquarelle... Ensuite je les recevais, les gens, et ils me racontaient plus ou moins leur vie, et

quand ils repartaient je me sentais vide, complètement vide.

– Et ton mari ? me demandait toujours ma mère.

Mon mari, je l'aimais, certes, et il m'aimait
aussi.

– Que veux-tu demander de plus ? me reprochait
ma mère.

Je ne savais pas. Des enfants, peut-être, mais ça
ne venait pas.

Ma meilleure amie, qui en avait trois, des
enfants, me disait souvent qu'avec la péridurale on
ne sent rien, absolument rien : elle les regardait avec
stupéfaction, comme si on les lui avait envoyés par la
Poste. Moi, ce sentiment, je l'avais pour tout ce qui
aurait dû faire ma vie : mon mari et mon travail, et
aussi mon appartement, mes amis, mes lectures, ou
les rosiers qui poussaient sur mon balcon. Il m'arrivait de me blesser aux mains avec le sécateur, tellement j'étais distraite. Je les regardais, ces rosiers, je
les touchais, je respirais le parfum faible des fleurs…
elles semblaient rétrécir sous mes doigts, devenir
floues et disparaître.

– Prends donc quelques jours pour toi, a dit
mon mari, lui aussi.

Alors j'ai pris le train pour Céranges. J'étais censée ouvrir la maison en prévision des fêtes. C'était le
prétexte trouvé par ma mère pour me convaincre de
prendre l'air. Mes frères et mes sœurs allaient débar-
quer pour Noël avec tous leurs gosses. Pendant
l'année on doit réserver son week-end des mois à

l'avance pour ne pas se gêner les uns les autres. C'est toute une histoire, il faut donner des dates précises, etc. Ma mère organise tout. La seule idée de devoir me plier à ce système, sans enfants pour me justifier, pour le seul agrément de me retrouver dans cette maison, seule, avec mon mari, non merci.

Les derniers souvenirs agréables que j'ai de Céranges datent de mes onze ans. Ensuite, j'ai eu mon accident, mes sœurs jumelles sont nées, et il a bien fallu que je leur cède ma chambre. Une pièce me fut arrangée au grenier.

– Il y fera peut-être un peu froid l'hiver, avait dit mon père.

C'est le seul commentaire qui fut fait sur cet événement.

Au grenier, j'étais terrifiée. Je n'osais pas le dire. On ne parle pas de ces choses-là, dans la famille. On garde ses hantises et ses chagrins pour soi.

Il n'y avait pas de taxi, à la gare. Je voulus me renseigner, mais l'employé me ferma son guichet au nez. Je n'avais pas d'autre choix que d'aller à pied.

Il pleuvait. Je sursautais à chaque voiture, elles me frôlaient, m'éclaboussaient sans me voir. Bizarrement, je me sentais légère. Je sortais d'un train à grande vitesse et ils me donnent toujours l'impression de me détacher de moi-même, de me laisser sur place. Je me quitte, tellement ça va vite. J'abandonne derrière moi mes doutes et mes questions. Le paysage rapide, vert-de-gris, saccadé, balaie tout sur son passage.

La route, entre les dunes, m'était familière :
c'était le chemin de l'école. Je prenais tous les matins
l'autobus de ramassage scolaire. À peine montée, le
bruit, les copines, la chaleur et la buée... On dessi-
nait sur les vitres, on chantait. C'était comme un
départ en colonie de vacances. À l'école, j'étais
bonne, je me sentais exister. Et le soir l'autobus me
laissait au même endroit. Je marchais jusqu'à la maison et j'avais le temps, en quelque sorte, de me réha-
bituer au désert. À la maison tout était différent. On
ne peut pas dire que je regrette cette époque. J'ai eu
une enfance silencieuse, une adolescence pleine de
cris de bébés et de terreurs nocturnes, bien que mon
accident m'ait rendu une sorte de place dans la
famille, une place centrale, même, je dirais.

« Comme d'habitude, sous la deuxième marche
du perron... »

La clé était bien là, sous la glycine, qui avait
effectivement beaucoup poussé depuis mon précédent passage. Je suivis la longue liste des instructions
de ma mère.

« Tu enclencheras le compteur électrique, tu te
rappelles où il est ? » J'enclenchai le compteur électrique. « Tu allumeras la chaudière », j'allumai la
chaudière toute neuve. Le carrelage de la cuisine
était couvert de moisissures, il faudrait passer la ser-
pillière. La maison sentait la vase, comme dans une
cave.

« Tu libéreras les meubles. » Ma mère avait toujours employé cette expression. J'ôtai méthodique-

ment les housses et les draps qui les recouvraient. Les grands canapés, la table basse, la table et les chaises de la salle à manger, je fus surprise de les découvrir intacts : inchangés depuis mon enfance, comme si une horde de petits neveux ne venaient pas chaque Noël tout esquinter.

« Évidemment, tu ouvriras tous les volets. » J'ouvris d'abord les volets du salon. Un faible soleil d'hiver jeta des rayons poussiéreux sur le parquet. Des souvenirs d'enfance m'entouraient. Ils semblaient avoir accouru sous la lumière et se tenir là, pour moi seule. La plaque en fonte du foyer avec sa scène de chasse ; les rideaux de percale, le seul nom de tissu que j'aie su pendant des années ; le vaisselier avec ses assiettes si familières que je n'avais jamais vraiment vu leur motif : des ânes et des chats déguisés en diables.

– Je n'aime pas cette maison, me dit souvent mon mari.
– Pourquoi ?
– Elle me fait froid dans le dos.
– Froid dans le dos, qu'est-ce que ça veut dire ?
Je déteste les phrases toutes faites. Alors je répète :
– Qu'est-ce que ça veut dire, froid dans le dos ?
– Ça veut dire que je n'aime pas cette maison.
On tourne vite en rond, avec mon mari.
– Dis tout de suite que tu n'aimes pas ma famille.
– Une maison, ce n'est pas une famille.

– Pour moi c'est tout comme.

– C'est bien le problème.

– Dis-moi pourquoi tu n'aimes pas cette maison.

– Parce qu'elle me fait froid dans le dos.

Parfois je me dis que ce que je voudrais, c'est que mon mari m'ordonne de ne jamais retourner dans la maison de Céranges. Qu'il me l'interdise. Je ferais une grosse colère mais je serais très soulagée, parce que comme ça, je n'y mettrais plus jamais les pieds. Et on n'en parlerait plus. Mais je ne sais jamais ce que je veux.

Tu ne sais jamais ce que tu veux, c'est ce que me disait mon père les rares fois où il semblait se rappeler ma présence.

Et mon mari, lui, quand j'arrive à le faire parler, me dit que les souvenirs, dans cette maison, vous observent d'un sale œil, et qu'ils ont tous l'air de mauvais souvenirs. Moi il me semble que je n'en ai qu'un, mauvais souvenir, c'est le jour de mon accident. Encore faudrait-il être sûre que c'est un si mauvais souvenir que ça. Le reste est dilué dans ma mémoire : la chambre au grenier, la peur la nuit… et la naissance de mes sœurs jumelles, est-ce qu'on peut appeler ça un mauvais souvenir ? Est-ce que je peux oser dire ça ? Pour le reste, je n'arrive pas à isoler un jour précis, une nuit précise, un souvenir particulier.

– C'est bien le problème.

C'est bien le problème est l'expression préférée de mon mari. Il la prononce à tout bout de champ.

J'ouvris donc les volets de toutes les chambres, une par une, pour faire entrer la lumière. Le soleil du soir jetait un rouge froid sur les planchers. Les murs étaient mouillés, comme si l'été ne pénétrait jamais. Le petit salon, celui qu'aimaient mes sœurs, semblait fermé depuis des siècles. Les draps qui recouvraient les guéridons étaient raides de poussière : quand je les retirai, des formes nuageuses voilèrent la lumière.

J'avais la tête vide. Je reconnaissais partout, immobiles dans la maison, les objets, les couleurs, les lumières d'avant. Mais l'odeur avait disparu. Autrefois, quand je montais au grenier, ça sentait le feu de cheminée ou l'herbe coupée, selon la saison ; et puis les draps frais et la lessive à mesure qu'on grimpait, parce que le grenier, c'était aussi l'endroit où l'on faisait sécher le linge. Et dans la partie du grenier qui était devenue ma chambre il y avait une odeur spéciale, encens ou fleurs fanées – mon odeur à moi, peut-être. Cette odeur-là aussi était partie.

Je m'assis sur mon petit lit, tentant de renouer avec les lieux.

Ça te recentrera, installe-toi dans la maison pour quelques jours.

Le soupçon me venait que ma mère, en me convoquant ici, espérait réveiller en moi des émotions, des sentiments. Je frissonnai. L'humidité était glaçante. Il y avait des poupées et des petites voitures dans des cartons ; quelques étagères bancales avec nos vieux livres de la « Bibliothèque rose » ; et sur un portant recouvert d'un plastique, quantité de petits vêtements en double, les ensembles assortis de mes sœurs. Visiblement ma chambre avait peu à peu été ramenée à sa fonction de débarras.

– Je n'aime pas cette maison.
– Pourquoi?
– Elle me fait froid dans le dos.
– Froid dans le dos, qu'est-ce que ça veut dire?

Pourtant l'endroit n'était pas désagréable. Il y avait sans doute quelque chose à tirer de ces poutres, de ce plafond mansardé, de ce grand vasistas sur le soleil d'Ouest. Quelques travaux de décoration suffiraient à effacer toute trace d'enfance : on pouvait faire de ce grenier, si j'y décidais mon mari, une jolie chambre de week-end, peut-être. J'y avais vécu de longs moments de solitude, mais je ne déteste pas ça. Et puis, l'oubli n'est pas si difficile, il suffit de se laisser flotter.

Je me redressai avec difficulté, ankylosée par l'humidité aux points d'impact de l'accident. Une baisse de tension, ou ces soudains éclairs de douleur que j'ai depuis : ma vue se brouilla. Je me sentis glisser en arrière, tomber dans le noir en tourbillonnant, comme le long d'un escalier qui se serait prolongé bien plus profond que la cave, plus profond que les fondations de la maison, au cœur même du sable...

Quand je revins de mon éblouissement, j'étais allongée sur mon petit lit. Le portant de vêtements était tombé sur moi. Je découvris, par-derrière, d'autres vêtements dans des cartons. Il y avait le kilt acheté pour mes huit ans (je me revis dans la boutique, luttant contre ma mère et ses goûts classiques). Il y avait le gilet qu'elle avait longuement tricoté l'année de mes dix ans. Il y avait aussi le K-Way que je portais en Angleterre, en sixième, lors de ce voyage scolaire où j'échangeai mon premier baiser.

> *Can I kiss you?*
> *What's your name?*
> *Who are you?*
> *Can I kiss you?*

Les vêtements de l'accident, je me demandai ce qu'ils étaient devenus. Étaient-ils empaquetés quelque part? Les souvenirs, dans cette maison, ne sont peut-être pas tous mauvais, mais ils sont très présents. Ils semblent surgir des coins et se tenir là, devant vous. Je me revis d'un coup. Je portais ce jour-là un pull rouge (tricoté, comme toujours, par ma mère), et un bas de survêtement à bandes fluorescentes. Il n'avait pas empêché l'autobus de me rouler dessus. Ces hardes avaient sans doute été découpées aux ciseaux par les premiers secours, il me semble que c'est ce qu'on fait pour limiter les manipulations. Pourtant j'aurais aimé mettre la main dessus.

Je me recroquevillai sur le lit, tirant à moi les édredons. J'avais la certitude soudaine, poignante, que ce pull oublié, lui seul aurait pu réchauffer mes os.

Ça te fera du bien
Il y fera peut-être un peu froid l'hiver
Can I kiss you ?
C'est bien le problème

Je me rappelais le son des pas dans la maison. Les portes qui claquaient, et qui rendaient ma mère folle. Une chanson, peut-être, un tube des années disco. Le bruit irritant que rend sur son élan la roue d'un vélo tombé. Des cris d'enfant, ou la voix de ma mère appelant pour le repas. Les clochettes rapportées du Japon par mon père, qui tintinnabulaient sous le porche au printemps. Nous étions tous là, mes frères jouant dans le pré, mes sœurs se chamaillant à l'étage, mon frère aîné dans sa chambre écoutant sa musique, ma mère secouant des casseroles. Et les odeurs étaient revenues, les odeurs vivantes. Je voulais absolument montrer à chacun mon survêtement neuf, mais tout le monde était occupé. Au grenier, une petite fille jouait sur le tapis. Un éclat pâle sous mes paupières, elle disparut.

La Lune était haute sur les pins, une lumière blanche et métallique. Je déteste m'endormir par surprise. Je déteste que les rêves me prennent sans prévenir. Après je ne sais plus qui je suis, où je suis.

Je repoussai les édredons et fis quelques pas dans la pièce. J'étais glacée. Quelque chose man-

quait, une pièce au puzzle, un sentiment d'apparte-
nance, un lien. Loin de me recentrer, la maison de
Céranges m'éloignait du monde.

J'ouvris systématiquement les cartons : vieux
habits de ma mère, frusques diverses de mon père ;
jouets de mes frères et sœurs, carnets de santé,
cahiers d'école à leur nom, diplômes, baccalauréat,
vêtements de toutes tailles... Mes affaires de lycée,
les jeans ou les tee-shirts que j'avais bien dû porter
adolescente, je ne les voyais nulle part.

Je descendis en m'accrochant à la rampe. J'avais
mal partout. Je voulus faire du feu, mais le bois était
trop humide, les allumettes s'éteignaient.

Sur la cheminée il y avait des photos de toute la
famille, certaines dans des cadres, et d'autres, plus
récentes, en vrac : les neveux, mes parents au
mariage d'une de mes sœurs, ma nièce Louise sur
son vélo. Je me cherchai du regard : j'étais au mur,
cinq ans en robe à smocks aux côtés de mon frère
aîné, huit ans dans le kilt, puis onze dans une sorte
de portrait officiel, peu avant l'accident. Je porte le
pull rouge.

Là-haut, au grenier, quelque chose tapait et
grinçait. Ces bruits-là avaient hanté mon adolescence, quand j'étais rentrée de l'hôpital et que tous
ceux de ma famille m'entouraient. Ils essayaient de
rendre ma convalescence plus douce. Ils chucho-
taient comme s'ils avaient peur de me briser davantage les os. Ils prononçaient mon nom, et j'étais très

embarrassée quand leurs voix se cassaient et qu'ils pleuraient. Je ne voulais pas leur causer tant d'embarras.

Quel autre souvenir me restait-il? Tout semblait s'être brouillé, ces derniers temps. L'impulsion me vint d'appeler mon mari, mais le jour pointait à peine. J'essayai de me rappeler Paris, notre appartement, son visage... tout semblait loin et irréel, comme un souvenir de vieux film. Avais-je vraiment travaillé dans une *agence d'intérim*? Les termes même m'échappaient. Qu'est-ce que ça voulait dire? C'était une blague, une plaisanterie.

Elle me fait froid dans le dos.
Froid dans le dos, qu'est-ce que ça veut dire?

Je n'avais pas faim. Je n'avais pas soif. J'avais froid, seulement froid, mais me faire un café me semblait un effort insurmontable. Je crois que je passai ces quelques jours à errer dans la maison. Les seules traces de mon existence, à mes propres oreilles, étaient le grincement des lattes du plancher, et le souffle de mon passage sous les rideaux.

Je n'ouvrais plus les portes. Je ne montais plus l'escalier. Pourtant je voyais les dunes, depuis le grenier, et la cheminée froide, dans le salon aux volets clos. Un ordre immobile régnait.

Lorsque la famille débarqua, la veille de Noël, je les vis ôter les draps des meubles, ouvrir les pièces et aérer. Une de mes plus jeunes nièces demanda qui j'étais, sur la photo de la cheminée :

« J'ai rêvé qu'elle était vivante, dit ma mère en baissant la voix, mariée à Paris, que nous parlions au téléphone et qu'elle venait passer Noël parmi nous. »

(2002)

MON MARI LE CLONE

C'est à la demande d'un magazine d'investigation scientifique que je tente ici de faire le point sur mon histoire conjugale. On m'a fait comprendre que mon témoignage pourrait aider la recherche féminine, et c'est, j'insiste, uniquement dans ce cadre – un rapport de cas – que j'accepte de m'étendre ainsi sur ma vie privée. À l'aube de la soixantaine, j'aspire à un peu de tranquillité, et je souhaite aussi réserver à mon mari, qui joue paisiblement à mes côtés, un avenir serein.

Pour bien saisir les aspects les plus délicats de notre histoire, il faut se replonger dans le contexte de la fin du siècle précédent, à l'époque où nous, femmes, avions encore besoin de semence masculine pour nous reproduire. Souvenez-vous : c'était il y a trente ans seulement.

J'étais frappée de stérilité psychologique. Nous en étions à notre quatrième tentative de fécondation *in vitro*, la dernière que remboursait la Sécurité sociale de l'époque, lorsque mon mari, le 21 mars 2001, est décédé, d'un arrêt cardiaque, dans la salle de prélèvement où il procédait seul au recueil de ses gamètes.

Les infirmières ont invoqué un malencontreux concours de circonstances, l'équinoxe de printemps, la conjugaison des poussées de sève – je n'ai pas voulu en savoir plus. Et quand on m'a proposé de laisser mon mari dans son petit tiroir de la morgue, pour l'y congeler, tout simplement, et le transférer à la Banque des Corps, j'ai tout de suite accepté. On parlait alors de progrès scientifiques lents mais certains, avec pour seul inconvénient un léger décalage temporel au sein du couple. Ce n'est que vingt ans plus tard, alors que j'abordais la ménopause, qu'on a renoncé définitivement à améliorer les techniques de décongélation.

Je n'ai certes pas, pendant ces vingt années, joué à la veuve éplorée. Et pour ne rien vous cacher, je n'ai jamais réellement envisagé le retour, décongelé, de mon mari. Les circonstances de son décès étaient connues de la plupart de nos proches, et de fréquents sourires, mal réprimés, accompagnaient les condoléances. Moi-même, en rentrant de ma pre-

mière visite à la Banque, j'avais été saisie d'un
pénible fou rire. Il faut vous dire aussi que, très rapidement, tout le monde a semblé oublier mon mari.
Encore une fois je vous invite à faire un effort de
mémoire : si l'une de vous, lors de ces années
d'expériences au gel, a laissé comme moi quelqu'un
à la Banque, alors vous savez qu'un homme supposé
rentrer s'oublie quasi instantanément ; beaucoup
plus vite en tout cas qu'un vrai mort scellé sous sa
dalle. La vie continue, on s'occupe de la maison, on
va au cinéma... On dit que c'est une histoire de
délai, d'indéfinition du délai.

Moi, pourtant, je n'oubliais pas tout à fait.
L'équipe médicale m'a conseillé les groupes de thé-
rapie, mais je suis une personne très indépendante. Il
est vrai que tout en étant soulagée (au moment
même de sa mort) d'échapper aux FIV, aux traite-
ments hormonaux et autres triturations, me gagnait
peu à peu un sentiment d'absence, vague et sans
crise, mais que je n'avais jamais éprouvé même à
l'annonce de ma stérilité.

Je n'étais pas triste, j'étais distraite et disponible,
ni veuve, ni divorcée, ni vieille. Je me promenais dans
les rues en rentrant du bureau, je longeais les quais,
poussais la porte des musées et ressortais de suite,
écoutais des demi-concerts et assistais à des premiers
actes, quittant les théâtres et les cinémas à mi-course
de ce qu'on y donnait.

La ville était belle dans les années vingt. On entrait doucement dans les années de soie, ces années de douceur où nous baignons, aujourd'hui, avec bonheur, grâce à la parité et à l'antidéterminisme biologique. Moi aussi, de mon temps, j'avais milité, marrainée par une amie qui s'inquiétait de mon veuvage. Il faut éliminer les différences entre les corps, différences sans issue, sources de tous les ennuis, de tous les débats, séparations, conflits, épurations et polémiques. Et puis, je m'étais mise au sport : l'association dont cette amie était membre proposait, en lien avec une équipe de recherche, des programmes très doux et des séminaires de diététique saine pour femmes matures. Mais surtout, je gardais le goût des promenades. Je rêvais, j'aimais être seule. Je lisais aussi, aux beaux jours, dans les jardins publics. J'aimais surtout observer les variations de la lumière : aux changements de saison, le flottement de la poussière dans les rayons, le pollen qui dérive... ou les rondes de feuilles mortes, et la brume près de la Seine, la patine des troncs et des pierres, le temps qui peu à peu se dépose, poli, lustré, au flanc des monuments.

Il me venait des rêves étranges. Je peinais à m'intéresser aux conversations, à sympathiser aux projets. Je pris l'habitude de rendre souvent visite à mon mari. C'était une façon de ponctuer le temps. Une employée discrète faisait glisser le long tiroir marqué au nom que je portais encore. Au-dessus du tiroir scintillaient brièvement, sous la lumière froide, des cristaux de glace. Je sortais souvent de la Banque les joues humides. Il me venait, comme après un soin ou un massage, des vertiges, des chauds et froids. J'étais vidée. Je continuais au hasard ma promenade. Malgré mes cinquante ans on me faisait compliment de mon teint frais, de mes traits lisses. J'aimais les parcs, et leurs rencontres.

Ce n'est qu'ensuite, en 2022, que j'ai dû me retirer tout à fait de mon travail, pour me reposer quelque temps dans une institution. J'avais alors cinquante-trois ans. Les médecins, découragés par les progrès trop lents et les nombreux scandales liés aux décongélations ratées, m'ont rendu le corps, en m'adressant à une société de clonage. La société a procédé au transfert en camion frigo, et nous avons enterré mon mari, une cérémonie intime avec sa vieille mère, sa sœur, et quelques amies proches. Les circonstances de son décès étaient oubliées ; aussi extraordinaire que cela puisse paraître, tout le monde pleurait.

La société préleva solennellement un nombre calculé de cellules, et je signai les formulaires, en qualité de témoin. J'ai gardé de nombreuses photos de ce moment. Mon mari, à travers la vitre qui protégeait son ultime visage, était d'une grande beauté. Il me semblait le voir pour la première fois. Taillé dans ses trente ans comme dans du marbre, les traits aigus, les joues pleines, le front si lisse qu'il m'était difficile d'y retrouver une expression, il avait des paupières d'enfant, bleutées et translucides, et des lèvres roses que leur longue immobilité dotait d'une jeunesse surnaturelle ; comme s'il n'avait ni trente ans, ni évidemment cinquante, mais aucun âge ; comme si le gel l'avait retiré dans ces landes d'avant-naissance où l'on déambule, pensif, dans un corps d'air et de lumière. On croirait, sanglotait sa mère, qu'il va se mettre à parler, qu'il va ouvrir les yeux disait sa sœur, et elles couvraient la vitre de baisers. À dire vrai, le revoir ainsi fut un choc pour tout le monde. Une buée commençait à blanchir le carreau, il s'éloignait de nous, il fallait faire vite, dopées par les années les bactéries sont sans pitié.

La société de clonage m'évita les démarches pénibles, choix d'une mère porteuse, frais médicaux, certificats, etc. Depuis que tout est pris en charge par la nouvelle Assistance publique, il semble que chacun puisse y trouver son compte. Les neuf mois de couvaison mont aidée à m'habituer à l'idée, qui n'est pas – il faut que vous le sachiez si vous souhaitez vous lancer dans l'aventure – si évidente que ça. Mais depuis que les techniques de clonage sont passées de l'analogique au numérique, la séquence d'ADN, à ce que j'ai compris, est reproduite *in extenso*, et on a la certitude d'obtenir exactement le même individu.

Il faut dire qu'avant ces progrès il y a tout de
même eu de nombreuses erreurs. Bien sûr demeure
le problème du décalage temporel, plus crucial
encore que pour les décongélations. Mais l'individu,
à l'arrivée, est en bien meilleure santé, comme neuf,
et prêt à repartir de zéro.

D'une certaine façon la situation est idéale pour
tout reprendre. J'ai encore, si Dieu le veut, soixante
belles années devant moi. Une de mes meilleures
amies – cette amie qui m'avait poussée à militer et à
faire du sport, à *me remuer* comme elle disait – cette
amie non ménopausée a souhaité porter elle-même
son mari. Nos liens se sont un peu desserrés depuis.
J'ai beau avoir les idées larges, j'avoue que la situation me gêne un peu. Et puis moi, pendant ces neuf
mois, je n'ai pas chômé pour autant : je me suis
occupée de trouver des cours d'éveil du nourrisson,
le meilleur lait maternel possible, etc., et aussi une
crèche. Les petits clones, il est bon de le savoir, y
sont prioritaires, ce qui est un avantage non négli-
geable.

Aujourd'hui Jean-Jacques se porte bien. Il va sur
ses huit ans. Il joue du piano, a commencé le tennis,
travaille correctement à l'école. Nous nous prome-
nons souvent au square. Au début, j'ai essayé de
suivre le schéma de sa première enfance, en me ren-
seignant scrupuleusement auprès de sa mère et de sa

sœur, mais nonobstant le fait que je désapprouve plusieurs points de son éducation antérieure, ces deux femmes, comme à l'époque, m'ont à nouveau rapidement agacée, prétendant reprendre mon mari chez elles – atmosphère de vieilles bourgeoises qui ne lui convient certes pas : mon mari s'était mis, sur ses vingt ans, à voter à gauche. De plus, à part le piano et le tennis, les loisirs ont bien changé de nos jours, surtout pour les jeunes. J'avoue me sentir parfois un peu désorientée. Je n'ai rencontré mon mari qu'à vingt ans, et je suis obligée de deviner, bien souvent, les étapes qui l'ont mené à maturation.

Malgré l'accompagnement psychologique mis en place depuis peu autour de ces protocoles, je trouve que nous manquons d'aide. L'amie dont je vous ai parlé a fondé une association, mais très ciblée sur la spécificité de son cas. Il y a évidemment des expériences vécues par mon mari que je ne pourrai pas reproduire dans leur exactitude. Je suis obligée de prendre certaines initiatives. Personne n'est encore capable d'anticiper les effets à long terme. Nous verrons bien. Je m'exerce à ne pas trop prévoir, et à sérier les problèmes. Comme me disait, à la Banque des Corps, l'employée qui ouvrait le tiroir : à chaque jour suffit sa peine.

(1999)

ENCORE LÀ

Lorsque j'ai accouché, on m'a endormie. Je savais depuis quelques jours déjà qu'il faudrait faire une césarienne : le bébé était en travers. Pas en siège, mais littéralement en travers, couché de tout son long en travers de mon ventre, flanc le premier comme on dit tête la première.

« Ça ne passe pas » avait dit l'échographe. Comment faisait-on, autrefois ? J'ai lu quelque part qu'on pratiquait déjà des césariennes, sans anesthésie ni antibiotiques, et que la mère s'en sortait comme elle pouvait. On posait la question au père : « la mère ou l'enfant ? » Y eut-il des hommes pour choisir l'enfant ? A-t-on connaissance de tels cas ? Sans doute. Et si la femme survivait, comment survivait le couple ?

Une césarienne, d'accord, mais j'espérais au moins assister à l'*extraction*. Voir l'enfant au-dessus du rideau vert, le voir sortir gluant et braillant. Une fille, avait dit l'échographe. Je m'entraînais à dire « elle », je n'avais pas encore l'habitude. Après notre fils, nous étions contents : un garçon et une fille, le *choix du roi*.

Mais il y a eu un petit problème – je n'ai pas bien saisi lequel – et il a fallu m'endormir, m'anesthésier entièrement. Je n'ai pas tout suivi parce que c'est allé très vite, et mon mari a été prié de quitter la salle. Un masque sur mon visage, quelque chose dans ma perfusion, et je n'étais plus là.

Suite à ce petit problème, le bébé, notre fille, était dans une couveuse ; elle allait bien mais je ne pouvais pas encore la voir. La lumière clignotait, la salle de réveil était très blanche, et je refermais les yeux, éblouie, dans ce sommeil harassant des anesthésies. Des rêves me harcelaient, plus vraisemblables que le réel. Je les quittais comme on s'endort, je les retrouvais comme un pays natal. Il faut plusieurs jours pour retrouver un sommeil normal, le sommeil qui repose, le sommeil où on oublie.

Le tissu vert, le rideau qu'ils mettent devant les yeux des parturientes, ça doit être pour ne pas qu'elles tournent de l'œil : se voir le ventre ouvert avec une créature qu'on leur sort de là… Mieux vaut masquer la béance, transformer l'*extraction* en théâtre

de marionnettes, mains gantées soulevant le bébé...
On ne dit pas *accouchement*, quand il y a césarienne.
On n'*accouche* que par *voie basse*.

Je ne sais pas pourquoi c'est seulement en cas
d'anesthésie générale que le père est prié de sortir.
Quitte à voir sa femme le ventre ouvert, sans doute
est-il plus facile de la voir consciente qu'inconsciente,
un bout de viande. Enfin je ne sais pas. Est-il plus
facile de voir quelqu'un d'autre le ventre ouvert, ou
soi-même? Je n'ai aucune réponse à ces questions.
Mais ce qui m'a manqué, je crois, c'est le cri du
bébé : que ça ne m'appartienne pas, ce moment-là,
que les toubibs et les infirmières recueillent, eux, ce
cri dont ils n'avaient que faire. Quelle tête faisait-elle?
A-t-elle crié tout de suite? À mon réveil je n'ai pas pu
demander, je n'ai pas osé. À qui m'adresser? Avec
tous les bébés qu'ils voient ils avaient déjà dû
l'oublier, ce premier moment – ce moment inesti-
mable, la première seconde de ma fille hors de moi,
sa première seconde de *vie*, comme on dit.

Pour mon premier accouchement, j'avais senti
mon fils descendre, poussé par les contractions. Je
bénéficiais d'une péridurale dosable à volonté. Je
décidais, ma petite pompe à la main, du degré de
douleur que je voulais bien supporter pour sentir
mon fils venir à nous. Est-ce que ça m'a manqué
aussi, de ne pas emmener ma fille au bout de moi,
par les *voies naturelles*?

Mais ce n'est pas du tout de ça dont je voulais parler. Je voulais parler de mon régime. Mon mari me dit toujours : tu pars dans une direction, puis une autre, on a parfois du mal à te suivre. Il me dit : si on t'ouvrait le crâne on verrait que les boyaux de ta tête sont en forme d'escalier, et pas des escaliers tout droits, non, des escaliers en colimaçon.

Je voulais parler de mon régime.

Je n'avais pas tellement grossi, douze kilos en tout sur neuf mois. Il faut soustraire le poids de l'enfant, du placenta, du liquide amniotique, de l'utérus et des seins (qui gagnent naturellement en volume). Et soustraire aussi la masse sanguine qui augmente, tout ce sang qu'on perd les jours qui suivent l'accouchement (ça s'appelle les lochies, on prononce *loki*, on a aussi des lochies en cas de césarienne). Bref si l'on soustrayait tout ça il ne me restait plus, à moi, que trois ou quatre kilos. Je sais que ce n'est pas grand-chose. Le médecin me l'a bien dit, celui qui m'a expliqué tout ça. J'étais plutôt chanceuse, par rapport à d'autres femmes. Mais je me suis mis en tête de maigrir tout de suite. Je ne supportais pas ces kilos, l'allure que ça me faisait, les joues, les hanches.

À ce moment-là, ma fille était de retour à la maison. Elle était sortie de sa couveuse et moi de ma salle de réveil. Il fallait la nourrir bien sûr, y compris la nuit. Je n'ai jamais retrouvé mon sommeil naturel. Je gardais l'impression d'être encore sous l'effet de l'anesthésie, comme si les résidus des produits ne voulaient pas s'évacuer. Je m'endormais comme une masse, le blanc total ; et puis les rêves revenaient, les rêves anesthésiques. Je rêvais que ma fille criait, je me levais, je la prenais dans son berceau. Mais mes bras se refermaient sur du vide. Je me réveillais d'horreur. Ou alors, ma fille criait pour de vrai, je me levais, courbée en deux sur la cicatrice de la césarienne ; je manquais m'évanouir de douleur quand il fallait la soulever, mais je me rendormais d'un coup en l'allaitant. Une fois on a roulé toutes les deux au pied du lit et ses cris ont fini par me réveiller.

J'avais toujours peur de l'étouffer en m'endormant sur elle. Dans la journée aussi. Mon mari rentrait le matin de son travail, il s'en occupait une heure ou deux, mais pendant ces deux heures, où j'aurais pourtant dû me reposer, je ne parvenais pas à fermer l'œil. Mon mari travaille la nuit. Il pose des rails pour l'Eurostar. On habitait Calais, à l'époque où ma fille est née. Il fallait aussi emmener mon fils à l'école, mon mari l'habillait, lui donnait ses céréales, et ils s'en allaient tous les deux. Je me rendormais. Le lit de ma fille était vide. Mon ventre était intact, indemne, comme si rien ne s'était passé. Je me réveillais, et je ne savais plus de quel côté du monde je me trouvais. Nuit, jour, veille, sommeil. Je ne me

rappelais plus si j'avais allaité en rêve, ou en vrai. Ma
fille s'en souvenait pour moi. Et la cicatrice de la
césarienne attestait qu'elle était sortie de moi, qu'elle
était bien sortie par là, qu'elle n'était plus du tout
dans mon ventre. Je regardais ma cicatrice, et
j'essayais de me persuader que mon ventre était vide.

Parce que c'était mon ventre, surtout, qui
m'embêtait. Je veux parler du bourrelet, là où avait
été ma fille. Je me disais que si je ne reprenais pas le
sport tout de suite, cette graisse allait s'installer.
Mais faire du sport sur une césarienne, le chirurgien
me l'avait dit, est absolument contre-indiqué. Il faut
attendre au moins trois mois, une cicatrisation profonde.

C'est une couture impressionnante, à la Fran-
kenstein. Mon mari ne voulait pas regarder. Ce
qu'on voit, ce ne sont pas des fils, mais des agrafes,
plantées au ras du pubis ; un sourire métallique entre
les dents duquel la chair se boursoufle, très rouge.
On coupe, paraît-il, quatre épaisseurs de tissus, sans
compter la poche des eaux. J'ai demandé au chirurgien lors de ma visite de contrôle. Je ne comprenais
pas comment de simples agrafes pouvaient retenir
une coupure aussi profonde. Le chirurgien m'a
expliqué que les agrafes sont très rapides à poser, ce
qui raccourcit la durée de l'anesthésie, « et ça, m'a-t-
il dit, c'est toujours souhaitable ». Sous le derme, il y
a des fils, très solides. On recoud l'utérus, le péri-

toine et les abdominaux (c'est très épais, les abdominaux). Évidemment on ne recoud pas la poche des eaux, puisqu'elle est évacuée avec le bébé. Le péritoine, c'est ce que les charcutiers appellent la crépine, je crois, c'est ce tablier qui recouvre les organes du ventre. Tout est ça donc solidement recousu, sur quatre plans superposés.

Mais je ne voulais pas parler de ça, au début. Je voulais parler de ces kilos en trop. Lors de la visite de contrôle j'avais rendez-vous avec la diététicienne, mais elle n'était pas là. Dans le couloir, j'ai croisé une sage-femme; une femme formidable. Elle a été frappée par mon allure de petite vieille, courbée en deux sur ma cicatrice, et m'a dit de me tenir droite :
– Il n'y a aucune raison pour marcher ainsi pliée.
– Mais la douleur...
– Relevez-vous.
Et elle m'a montré comment prendre une longue, très longue respiration... comment faire descendre l'air dans mes poumons... et ce faisant, très lentement, me déplier, me redresser au-dessus de mon ventre.

Ça ne faisait pas mal. Ça faisait même moins mal, de me tenir droite dans l'axe de ma colonne, que d'essayer de me fermer sur la couture et les agrafes.

La sage-femme a marché quelques minutes avec moi, en me tenant la main. Le couloir vert de la maternité devenait presque accueillant.

Pendant ma visite à l'hôpital, mon mari avait veillé pour donner un biberon à la petite. Il dort le jour, sinon, évidemment. Il pose des rails pour l'Eurostar, je crois que je l'ai déjà dit. Mais la petite n'avait rien bu, elle voulait le sein. Mon mari était furieux et fatigué. Je me suis penchée pour la prendre, et la cicatrice m'a fait mal de nouveau, et je ne suis plus parvenue, ensuite, à me déplier.

Mais je m'égare encore. Je voulais parler de mon régime. Il paraît qu'allaiter fait maigrir. Il paraît que le nourrisson pompe sur des réserves de graisse que, d'ordinaire, rien ne peut jamais atteindre. Le lait des premiers jours, surtout, le fameux *colostrum*, jaune vif, c'est quasiment du beurre. Très, très gras. Pourtant, quand je me pesais, rien ne bougeait. L'aiguille ne descendait pas. Et mon jean-test ne passait toujours pas mes hanches. J'ai décidé de surveiller mon alimentation. De *faire attention*, comme on dit. Et ça a marché tout de suite, j'ai commencé à maigrir, deux kilos dès la première semaine.

Mon mari était anxieux, pas pour la petite, qui poussait bien, ni pour mon fils, qui allait bien aussi, mais pour les rails dans le Tunnel. Le contrat qui pesait sur lui, c'était de changer un à un les rails usés de l'Eurostar. Le créneau horaire est très court, de minuit à cinq heures du matin, avant que la circulation ne reprenne. Le départ du premier train, et la sécurité des passagers, dépendent entièrement du travail de mon mari : il faut que les rails soient jointifs à l'heure dite, que tout soit parfaitement reboulonné ou je ne sais quoi, enfin je n'y connais rien. Le temps passait, un mois, deux mois, et mon mari se rendait compte qu'il ne tiendrait jamais le planning, qu'il faudrait encore des semaines et des semaines pour changer tous les rails selon cette méthode. Cinquante kilomètres de rails. Il aurait fallu fermer le tunnel une bonne fois pour toutes, travailler vingt-quatre heures sur vingt-quatre, mais ça, ce n'était pas possible, on n'interrompt pas la circulation des trains comme ça.

Lui aussi devenait insomniaque. J'avais l'impression de ne jamais voir le jour. Il pleut beaucoup, à Calais, je ne savais pas. Quand mon mari m'a dit : « on s'installe à Calais », je me suis dit pourquoi pas, Calais ou ailleurs, et puis il y a la mer, on aura un jardin. La mer est belle mais grise, et je suis trop fatiguée pour y aller, avec la petite et la poussette et le froid qu'il fait ici l'hiver. Et le jardin, parlons-en du jardin, tout ce qu'on voit du jardin c'est trente secondes au pas de course quand on entre ou sort sous l'averse.

Mais je gardais le moral parce que le régime marchait vraiment bien. Je voulais parler de ça, voilà.

Je m'y retrouve. La deuxième semaine j'avais encore perdu deux kilos, et au bout d'un mois ça faisait sept kilos. J'étais très contente. Je rentrais dans mon jean. J'étais même plus mince qu'avant. La petite, elle, pesait six kilos, je la soulevais dans mes bras et je me disais : j'ai perdu plus que ce poids-là. Tout ce lait qui passait de mon corps à son corps, qui la faisait grandir et grossir, ça me semblait irréel, impossible. Je la mettais au sein, ses lèvres s'activaient et nous nous endormions, et au réveil elle était toujours là, vivante. Je buvais beaucoup d'eau, j'avais supprimé le pain, les féculents, et tout ce qui est gras. Je mangeais des légumes verts et des yaourts pour le calcium, et des pommes pour les vitamines. Ça marchait très bien. Il suffit de vouloir.

Je n'avais pas faim. Je dormais, je me réveillais, je faisais à manger pour mon fils et mon mari, j'allaitais ma fille, je la changeais, je m'allongeais. La tête me tournait un peu. J'essayais de soutenir mon mari, aussi. Lui n'avait pas du tout le moral. En plus du retard des travaux, quelque chose d'horrible s'était passé. Un soir, après minuit, ils étaient dans le premier tiers du tunnel, peut-être quinze kilomètres après l'entrée ; et ils ont trouvé un ou plusieurs corps, c'était difficile à dire. Des émigrants avaient franchi les barrières pour essayer de sauter dans un train, et le train les avaient entraînés et déchiquetés. De ce jour-là, ou plutôt de cette nuit-là, mon mari s'est réveillé de son court sommeil en criant. Ensuite il ne parvenait plus à se rendormir. Il refusait de me raconter ses rêves. Déjà que nous ne dormions plus jamais ensemble ; et pour le reste, inutile d'en parler, depuis longtemps ; je me demande encore comment ma fille est née.

Je rêvais que je mangeais. Je rêvais que la table était pleine de rôtis, de lard, de cakes, de riz au lait ; de viande rouge surtout, qui me dégoûtait, et pourtant je m'empiffrais, et je me réveillais avec une sensation d'éclatement dans l'estomac. Il me fallait toute la journée pour retrouver l'envie de porter à ma bouche quelques haricots verts – si on peut appeler « journée » cette série de tétées, de changes et de sommeils interrompus.

À la visite de contrôle suivante, ma fille pesait sept kilos, un beau bébé pour ses trois mois. À trois mois, j'aurais pu reprendre le sport, la cicatrice de la césarienne était douloureuse mais refermée. Mais je me sentais fatiguée. De toute façon, je maigrissais, c'était tout ce qui comptait. La pédiatre m'a trouvé le *teint brouillé*, je vous demande un peu, elle était pédiatre, pas médecin pour adultes. Moi, je pesais quarante-quatre kilos. Je n'avais jamais pesé moins de cinquante kilos, à part dans mon enfance bien sûr. Je me trouvais jolie, mais mon mari ne me regardait plus. Je ne lui en veux pas, la vie n'était pas facile.

L'argent, pour le coup, ne manquait pas, un ingénieur qui travaille la nuit gagne bien sa vie, alors sur les conseils de ma mère j'ai pris une baby-sitter. « De profil, on ne te voit plus, m'a dit ma mère. Si tu continues à ce rythme, il ne va plus rien rester de toi. » Elle était venue pour le week-end, et elle n'avait fait que cuisiner, des flans, des poires au caramel, du pain d'épices. J'ai attendu fébrilement le dimanche soir, qu'elle s'en aille. Mais la baby-sitter était une bonne idée. C'est elle désormais qui allait chercher mon fils à l'école et qui lui donnait son bain et son dîner, elle partait à vingt heures après l'avoir mis en pyjama et il ne me restait plus qu'à le coucher. Mon fils s'est beaucoup attaché à elle, très vite.

Le premier projet de tunnel sous la Manche date de 1876. Les travaux avaient même commencé : 2 000 mètres côté anglais, 1 800 mètres côté français. J'ai lu ça sur Internet quand nous nous sommes installés à Calais. Et un siècle plus tard, en 1975, un deuxième projet : 300 mètres côté français, 400 côté anglais. Et puis les fonds ont manqué de nouveau, ou la volonté politique, ou je ne sais quoi.

Je me demande si ces galeries sont encore visibles, ou si elles ont été envahies par la mer. J'imagine les vagues ronfler sous la falaise, pleines de plancton, de poulpes, d'anémones et de méduses.

Mais je n'avais pas la force d'aller voir. Quand la baby-sitter arrivait je me recouchais tout de suite. Je fermais les yeux et je voyais des poulpes et des méduses, du plancton fluorescent et de grandes algues blanches. Je me demandais ce qu'on avait fait de la terre extraite des galeries ; et de cette énorme masse de craie sortie du Tunnel – trois tunnels en fait, un aller, un retour, et un tunnel technique. Cinquante kilomètres de tunnels sous la Manche : où étaient les talus, qu'avait-on fait de toute cette terre ? Je sentais le poids de la mer sur ma poitrine. J'ouvrais les yeux, et il faisait nuit, ou très sombre, la pluie cognait aux fenêtres et j'entendais la baby-sitter bercer ma fille en chantonnant.

On s'est mis à avoir des problèmes de téléphone. Les quelques copines qui me restaient, malgré tous nos déménagements, mes quelques copines fidèles qui m'appelaient encore de temps en temps, je les ai perdues à cause de ce stupide problème de téléphone. Je disais « allô ? allô ? » et on me répondait « allô ? allô ? », la ligne ne passait plus. Mon mari n'avait pas le temps de régler cette histoire. Il me disait « débrouille-toi », on se croisait en coup de vent, on ne se voyait plus.

Je n'avais plus de lait. J'essayais le biberon, mais ma fille se cabrait, hurlait, ne voulait même pas me regarder. Dès que je l'approchais, tout de suite elle éclatait en cris. La baby-sitter s'y prenait mieux que moi. Les bébés, le lait, tout ça, c'est psychologique. Je regardais mon fils qui regardait les dessins animés, je regardais ma fille prendre son biberon dans les bras de la baby-sitter, et je me sentais légère, d'une légèreté bizarre, mes pieds ne pesaient pas sur le plancher. Je regardais mes enfants, ma fille surtout, neuve et jolie, je la regardais et je me demandais d'où elle venait. Tombée du ciel dans les bras de la baby-sitter. Deux petites mains, deux petits pieds, deux yeux, une bouche, tout ce qu'il fallait, mais surgie, apparue dans la maison de Calais avec son corps séparé, avec son existence à elle. Il me semblait que si je prenais le chemin de la mer, si j'enfilais un imperméable et m'en allais vers la mer et prenais le tunnel pour l'Angleterre, mon fils, ma fille, la baby-sitter et mon mari disparaîtraient avec autant de facilité que de la buée qu'on essuie sur une vitre.

Je flottais dans mes vêtements. La maison était trop grande, mon fils aussi, impossible de le prendre dans mes bras ; et ma fille devenait trop lourde. La faim est comme un long couloir, facile à suivre, avec une lumière au bout, un halo, dans lequel on se sentira bien. La baby-sitter me raccompagnait jusqu'à mon lit et j'entendais les dessins animés, les lasers intergalactiques, les cris des chauves-souris géantes, les sons d'une autre planète. Quand je me relevais pour voir ce qui se passait, j'appelais mon fils, je le nommais ; mais il ne tournait plus la tête vers moi.

Il y avait un chat. Je ne me souvenais pas que nous avions un chat. Le chat me frôlait, rôdait autour de moi, miaulait et puis disparaissait. Il réapparaissait au bout de mon lit, et je me disais : il a faim. Je voulais me lever pour le nourrir, mais l'idée s'envolait aussi vite qu'elle était venue, jusqu'au prochain petit tour du chat.

Mon mari me dit toujours : tu bavardes sans cesse, tu pars dans une direction puis une autre, on a du mal à te suivre. Quand je me levais, quand mes pieds touchaient le sol, je sentais mes os qui se replaçaient à la verticale et se réarticulaient : mes hanches sur mes fémurs, ma colonne vertébrale au-dessus de mon coccyx, ma cage thoracique qui s'ouvrait et se fermait, mes clavicules et mes mâchoires, et mon crâne, enfin, posé là-dessus. Je ne me pesais plus. La maison tournait autour de moi. « Il faudrait faire les vitres », me disais-je, et puis ça me sortait de la tête. Et puis ça revenait, un peu plus tard : tout ce calcaire, toutes ces traces accumulées par la pluie sur les vitres. Je laissais un mot à la baby-sitter, et je me recouchais.

Ma mère m'appelait. « Tu es là ? » me demandait-elle. Et puis il m'a semblé que ça n'arrêtait plus, qu'elle était toujours pendue au bout du fil à me poser des questions. Mais on n'entendait rien, dans ce téléphone. Mon mari avait voulu faire des économies et nous avions changé d'opérateur ou je ne sais quoi, et ces nouvelles lignes sont toutes brouillées.

Le bébé, la petite, me regardait avec des yeux vides. Elle fixait un point derrière moi. Quand je me retournais, je voyais les arbres secoués par la pluie, qui s'agitaient à la fenêtre comme de grandes mains. Et ma fille les suivait des yeux.

Il faudrait nettoyer ces vitres, me disais-je.

Mais il semblait que la baby-sitter ne trouvait plus mes mots ou ne les lisait plus, ceux que je laissais sur la table.

Parfois mon fils entrait dans ma chambre et m'appelait : « maman ? maman ? » Je m'agitais sous les draps et je répondais, « oui, je suis là », distinctement. Mais il continuait : « maman ?... » Je l'entendais, mais il me semblait le voir s'amenuiser au fond de la pièce, reculer à toute allure, repousser les murs, les fenêtres, la maison, et se perdre comme au fond d'un labyrinthe.

Les arbres se penchaient aux vitres, leurs silhouettes nues lançaient vers moi des bras maigres et leurs mains se tendaient, à me toucher. Et les vitres devenaient à la fois poreuses et opaques, blanches comme de la craie. Je les traversais vers les arbres, vers le jardin trempé de pluie qui m'absorbait comme une éponge.

« Madame ? » m'appelait à son tour la baby-sitter. Elle soulevait les draps. Je disais : « oui, oui ! » Des formes dans la chambre se déplaçaient, s'agitaient. Mais personne ne m'entendait. Je parlais, pourtant. J'étais là. Je continuais à parler.

(2005)

NOTES

Quand je me sens très fatiguée le soir a paru dans *L'Infini* n° 58, été 1997.

J'ai écrit *Le Voisin* fin 2005 pour un numéro spécial de *Rock & Folk* paru en janvier 2006.

Un jour *Le Monde* m'a envoyé cinq photos pour que j'en choisisse une comme prétexte à nouvelle. J'étais sceptique. J'avais depuis plusieurs mois envie d'écrire sur un singe. « Très peu de chances, me dis-je en ouvrant l'enveloppe, qu'il y ait là un singe. » Mais il y en avait un, un chimpanzé, extrait de *Survivors* de James Balog. *Connaissance des singes* a paru dans *Le Monde 2* n° 73 du 9 juillet 2005.

Célibataire est parue sous une version un peu différente dans *Epok* n° 50 en octobre 2004.

Nathanaël est une nouvelle tirée des premières pages d'un roman, *Jeux de mains*, que j'avais commencé en 1987.

Elle a été publiée par *Les Inrockuptibles* dans leur recueil *Dix*, chez Grasset, en 1997.

Jeux de mains fait partie des nombreux manuscrits qui ont précédé *Truismes*, manuscrits qui m'ont appris à écrire. Ils sont pour moi comme une réserve d'imaginaire.

J'écris parfois pour des artistes. Je cherche un équivalent-mots de leur travail plastique, qui ne soit ni critique ni illustratif. Comme si l'artiste avait dû utiliser des mots à la place de son matériau.

Juergen, gendre idéal a été inspiré par les photos de Juergen Teller, en particulier son *Nürnberg book*, et sa série « Louis XV » avec Charlotte Rampling. Il a été publié dans le catalogue de l'exposition « Do you know what I mean » qui se tient à la Fondation Cartier du 3 mars au 21 mai 2006.

Juergen Teller a une certaine propension à se photographier tout nu, mais pas seulement. Il aime le football et les ours, et il semble être né en Bavière.

On ne se brode pas tous les jours les jambes a été écrit en 2003, à l'occasion de l'exposition de Nicole Tran Ba Vang à la Galerie Taché-Lévy à Bruxelles. Sur ses photos, une jeune femme se brode les jambes au petit point, une autre, enceinte, a le ventre tissé de feuillages...

Simulatrix est paru dans une série de suppléments « érotiques » offerts par *Les Inrockuptibles* à l'été 2003. Cette impulsion m'avait donné envie de revenir sur un thème que j'avais déjà un peu abordé dans *Truismes*.

Le titre s'inspire du film *Matrix*. Dans ma tête cette nouvelle, légèrement retouchée pour *Zoo*, s'intitule désormais *Simulatrix (reloaded)* comme le deuxième épisode de cette série sur la réalité virtuelle.

En 2003 je venais aussi de lire *Pas un jour* d'Anne Garréta. J'aime l'idée que cette nouvelle est un hommage que je lui rends, érotiquement, et textuellement.

My mother told me... a été publiée dans la revue *Ténèbres* n° 8 en octobre 1999, puis reprise dans une anthologie au « Fleuve noir », *De Minuit à minuit*, en 2000.

La Randonneuse a été publiée aux éditions Milan en 1988 pour le Prix du Jeune Écrivain.

Plages est paru en regard de photos de la collection Roger-Viollet, chez Plume en 2000.

Isabel a paru dans *L'Infini* n° 62, été 1998.

Une autre version de *Noël parmi nous* a paru sous un autre titre dans *Vogue* en décembre 2002. La version que j'en propose ici a été mise en ondes par Catherine Lemire sur France Culture en 2004, avec la voix de Muriel Mayette.

Mon mari le clone est une version remaniée d'une nouvelle publiée dans *Marie-Claire* en octobre 1999.

J'ai écrit *Encore là* entre avril 2004 et octobre 2005. Elle a été publiée dans *Naissances*, recueil de nouvelles de huit écrivains, chez L'Iconoclaste en novembre 2005.

Merci à Philippe Manœuvre, Hervé Chandes et Sophie de Sivry.

TABLE